KB051491

젊은 정약용 말꽃모음

젊은 정약용 말꽃 모음

정약용 글 · 설흔 엮음

단비
danbi

솔직히 말해 나는 정약용을 별로 좋아하지 않았다. 18년
의 유배 생활 동안에 500권 이상의 책을 쓴 사람이 바로
정약용이었다. 시시한 책들을 쓴 것도 아니었다. 『흠흠신
서』, 『목민심서』, 『경세유표』 등 비유하자면 조선 말기의
어둠 속에서도 스스로 빛을 발하는 위대한 저서들을 줄줄
이 집필한 사람이 바로 정약용이었다. 다른 곳도 아닌 척
박한 유배지에서. 책을 좋아한다고 자부하는 나이니만큼
그런 책들을 들춰보지 않을 수는 없었다. 말 그대로 들춰
만 봤다. 들춰보는 것만으로도 대단하다는 사실을 어느 정
도 짐작은 하겠으나 솔직히 말해 전혀 흥미롭지 않았다.
나는 결론을 내렸다. 정약용은 대단한 문장가라기보다는
훌륭한 학자로구나. 정리해 말하자면 나와는 너무도 다른
의지로 똘똘 뭉친 사람이기에, 내가 이해할 수 없는 딱딱
한 글을 쓰는 사람이기에 나는 결코 정약용을 좋아할 수
없었던 것이다.

두 편의 글이 내 결론에 의문을 제기하게 만들었다. '비오고 바람 부는 날엔 세검정에 가자(游洗劍亭記)', '죽란시사를 결성하며(竹欄詩社帖序)'는 내가 알던 정약용의 글이 아니었다. 이 두 글엔 용맹과 진취, 사랑과 아취가 넘쳐흘렀다. 뛰어난 감수성을 지닌 문장가가 아니고서는 쓸 수 없는 글들이었다. 고민 끝에 내 나름의 결론을 냈다. 젊은 정약용이 쓴 글들이라고.

사람의 일생을 젊음(미성숙함)과 늙음(성숙함)으로 나누는 것은 도식적이고 위험한 일이다. 그럼에도 나는 이 책에서 유배 이전 정약용이 쓴 글들을 다루며 '젊은 정약용'이라는 이름을 붙였다. 그 이유는 이렇다. 젊은 정약용은 진취적이고 뜻이 높고 공부에 매진하는 사람이다. 다른 한편으로는 놀기 좋아하고 우정에 목숨을 걸고 쉽게 분노하고 좌절하는 사람이다. 위대한 사람이 될 가능성은 갖고 있으나 그 가능성은 아직 꽃을 피우지 못하고 가슴속에 숨어 있을 뿐이다. 다른 말로 하면 내가 좋아하는 정약용이라는 뜻이다.

정약용의 이름은 익히 들어 보았으나 그 이름에 겁먹은 이들에게 이 책을 권한다. 이 엉성한 책을 읽고 정약용에 대해 흥미를 느꼈다면 늙은, 아니 성숙한 정약용으로 넘어가 보기를 권한다.(나도 그럴 참이다.) 당연한 소리 마지막으로 한 가지 더.

사실 우리 모두는 알고 있다. 젊은 정약용과 늙은 정약용은 결국 한 사람임을.

설흔

| 차례 |

소년

1 금강산

금강산은 보통 산과 너무도 달라서

붉은 벼랑 푸른 봉 겹겹이 쌓였네

새기고 깎은 공이 지극히 섬세해

조물주 묘한 솜씨 드러났네

신선의 경치 해변에 있어

맑은 모습 유별나게 아름다운데

깨끗하게 속세를 확 벗어나

은거하는 객이 없으니 애석하다

— 정약용이 14세 때 쓴 시다. 시문집에 첫 번째로 실려 있다.

사람의 삶이란 하늘과 땅 사이에서
타고난 자질을 구현하는 것
어리석은 자는 본연의 천성을 잃고
평생을 입고 먹는 데 바치네
효성과 우애는 사랑함의 근본이고
학문은 남은 힘으로 하는 것
명심하고 노력하지 않으면
그냥 그렇게 살다가 그 덕을 잃겠지

— 16세 때 쓴 시다. 뭐랄까, 영락없는 모범생의 시다.

동림사에서 공부를 하며

부지런히 애를 써서 글을 읽어야

아버지의 기대에 미치겠지

새벽까지 깨어서

목어 소리 듣는다

꼭 잘나가고 싶어서가 아니고

헛되이 보내는 생활보다는 낫기 때문이지

젊은 시절의 재주만 믿다간

나이 들어 실속이 하나 없을 터

경계하고 조금도 소홀히 하지 말자

가는 세월의 풍경은 참으로 허무한 것

— 화순 동림사에서 둘째 형 정약전과 공부하던 시절에 쓴 시다.

4 소년의 삶

소년 시절 서울에서 놀았는데
교제하는 수준이 결코 낮지 않았다
세속을 벗어난 운치만으로도
충분히 마음을 열었지
온 힘을 다해 공맹의 도를 따르고
두 번 다시 세상 일 묻지 않았다

— 소년 정약용의 자부심이 느껴진다.

5 우리나라 사람들

우리나라 사람들 참 안타깝다

주머니 속에 처한 듯 궁벽하니

바다가 삼면을 에워쌌는데

북방에는 산맥이 누르고 있어

사지를 펴지도 못하니

뜻과 기운을 어찌 채울까?

성현은 저 멀리에 있으니

누가 이 어둠을 밝혀 줄까?

— 뜻이 컸던 소년 정약용에게 조선은 참 작고 답답한 나라였다. 물론 지리만을
말하는 것은 아닐 터.

유람하는 방법

물염정은 남쪽 지방에서 경치 좋기로 소문한 곳이다. 가
보려고 두세 번 마음을 먹었으나 실행에 옮기지 못했다.
새로 갈 날을 잡는데 의견들이 많았다. 보름날을 기다렸다
가 파도에 달이 비치는 것을 보자고 하는 이까지 있었다.
내가 나서서 말했다.

"유람하려는 뜻이 있다면 마음먹었을 때 용감하게 가야
하는 겁니다. 좋은 날을 받아서 가기로 했다간 또 일이 생
기고 병이 나거나 해서 못 가게 되는 법이니까요. 그날 구
름과 비가 달을 가리지 않는다고 어떻게 보장할 수 있습니
까?"

모두가 한목소리로 말했다.

"그 말이 옳군."

— 물염정은 화순에 있다. 십 대 소년의 패기가 넘쳐난다.

18

　서석산은 크고 험준한 산으로 일곱 개의 군과 현에 걸쳐 있다. 정상에 오르면 북쪽으로는 적상산, 남쪽으로는 한라산이 보인다. 월출산과 송광산은 서석산에 비하면 어린아이나 손자뻘이다. 열세 개의 봉우리에는 항상 흰 구름이 머물러 있다. 사당이 하나 있는데 무당이 맡고 있다. 그 무당이 말했다.

　"산허리에서는 번개가 번쩍하고 벼락이 치고, 구름과 비가 변화무쌍하게 일어나 자욱하니 아래로 내려가지요. 산 위는 푸른 하늘 그대로랍니다."

　참으로 굉장하고 높은 산이 아닌가? 가운데 봉우리에 서면 세상사가 다 가벼워 보이고 나 홀로 특별히 다른 길을 가는 기분이 든다. 그러다가 인생의 괴로움과 즐거움 따위는 하나 마음에 둘 것이 못 된다는 사실을 깨닫게 된다. 왜 그런 생각이 든 것인지 그 이유는 잘 알지 못한다.

— 서석산은 무등산이다.

팔월 한가위 달밤에

서울 하늘 차가운 구름 멀리 떠가고

연못 속엔 휘영청 밝은 달

좋은 자리에 많은 호걸들

통쾌하게 술 마시는 풍경

혜강이며 완적과 뜻이 같고

육기 육운 형제와 이름이 나란

뜻 높은 이야기 아직 끝나지 않았는데

벌써 들리는 새벽 종소리

— 딱 15세 소년다운 시다.

지리산의 뜻 높은 스님

지리산 높고 높아 삼만 길 우뚝

꼭대기 푸른 뫼는 손바닥처럼 편평

그 가운데 암자 하나 대사립은 두 짝

흰 눈썹 스님 검은 법복 입으셨네

솔잎으로 미음 끓여 목을 축이고

칡덩굴로 모자 엮어 이마 가렸는데

중얼중얼 백 번 천 번 염불을 외우다

갑자기 고요해져 아무 소리도 없네

삼십삼 년을 산에서 내려오지 않으니

세상 사람 그 누가 얼굴을 기억할까

피고 지는 꽃잎 거들떠보지도 않고

오락가락 흰 구름처럼 한가할 뿐

— 정약용은 주자학에만 매몰되었던 답답한 서생은 절대 아니었다. 생의 전반기에서는 특히 그런 모습이 자주 나타난다.

고기잡이 세금

작은 마을 산기슭에 의지했고

황폐한 성 바닷가에 접해 있네

안개 짙으니 큰길 숲이 어둡고

비 머금은 섬 구름 기세 매섭다

빈 장터엔 까막까치 요란하고

작은 다리엔 고막소라 껍데기 붙어 있네

요즈음 고기잡이 세금 무거워

사는 것이 날로 처량하기만

— 십 대 시절부터 이미 사회에 대한 관심이 남달랐음을 알 수 있다.

세상으로
나아가다

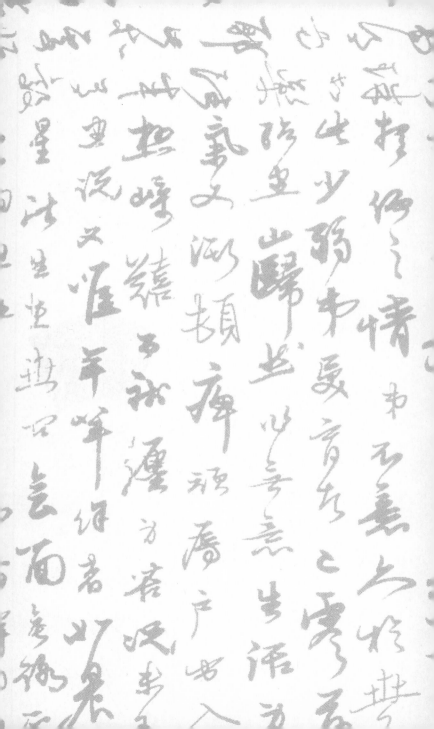

손자병법

강개한 마음으로 병서를 읽으며

세상에 이름 한 번 크게 떨칠 생각하다가

주제넘은 짓이로구나 깨닫곤

책 덮고 긴 한숨을 쉰다

호방한 이를 가까이하지 않는 것은

나를 이용할까 걱정해서이고

용렬한 이를 가까이하지 않는 것은

나를 스승 삼을까 염려해서이다

초연히 내 갈 길을 홀로 가면

그런대로 내 마음 괜찮겠지

겨울 끝에서 책을 읽으며

아침 해 남은 눈을 녹인다

맑은 창에 떨어지는 물방울 소리

책 읽기란 참 좋은 것

세상 경영하는 일에 어찌 내 명예를 언급하겠나?

요순시절의 풍속은 순박했고

재상들은 참으로 부지런했지

내가 늦게 태어난 것은 아니니

먼 앞날의 희망을 품어 본다

13 영광과 굴욕의 갈림길

전국시대엔 오히려 옛 기풍이 있어

유능한 인재들을 제대로 뽑았지

유세하는 선비도 재상이 되었고

떠돌던 이들도 우두머리로 뽑혔지

과거제도가 시작된 후론

겉치레 문장만이 날로 번성하네

영광과 굴욕이 한 글자로 결판이 나고

남은 생은 하늘과 땅 차이가 되네

의기 높은 선비는 굽히기가 싫어

산야에 버려짐을 달게 여겼네

— 정약용은 과거에 낙방한 후 이 시를 썼다. 옳은 견해이기는 하나 약간의 투정
같은 느낌도 있어 오히려 신선하다.

¹⁴ 생원이 되던 날

고운 물가 상스러운 기운 흐르는 날

큰 도회에서 재주를 시험하는 때

시골까지 임금님 은혜 미치어

꽃망울에 봄볕이 곱게 비쳤네

마을에선 칭송이 떠들썩하고

아내의 얼굴은 환해졌지

이 작은 성취 뭐 대단하겠는가만

글 한 줄로 부모 마음 즐겁게 하려네

― 1783년 원자의 칭호를 정한 일로 증광감시가 시행되었는데 정약용은 큰형 정약현, 작은형 정약전과 함께 합격해 생원이 되었다.

수종사에 놀러 가다

어렸을 때 노닐던 곳을 어른이 되어 다시 찾는 것, 어려웠던 시절에 지나온 곳을 이름 얻은 후 다시 찾는 것, 홀로 외롭게 지나던 곳을 좋은 손님들, 마음에 맞는 벗들을 이끌고 다시 찾는 것, 생각만으로도 즐거운 일이다. 아이 시절, 수종사에 놀러 간 적이 있었다. 그 후엔 독서를 위해 다시 찾았다. 늘 서너 사람과만 함께여서 쓸쓸하고 적막하게 지내다가 돌아갔다.

계묘년(1783) 봄 진사가 되어 초천으로 돌아가려 할 때, 아버지께서 말씀하셨다.

"초라하게 보낼 수 없다. 친구들을 모두 불러서 함께 가라."

좌랑 목만중, 승지 오대익, 장령 윤필병, 교리 이정운 등이 함께 배를 탔고 광주 수령이 악단을 보내 흥취를 도왔다. 초천에 돌아온 지 사흘 후 수종사에 놀러 가기로 했다. 젊은이 10여 명이 따라나섰다. 나이 든 사람은 소나 노새

31

를 타고 젊은 사람들은 걸어갔다. 절에 도착하니 오후 서너 시가 되었다. 동남쪽의 여러 봉우리들이 석양빛을 받아 빨갛게 물들었고, 강물의 반짝이는 햇빛이 창문으로 비쳐 들어왔다. 모두가 이야기를 나누며 즐기는 동안 달이 대낮처럼 밝았다. 우리는 걷기도 하고 바라보기도 하며 술을 마시고 시를 읊었다. 술이 몇 순배 돌자 나는 세 가지 즐거움을 논했다. 사람들이 그 이야기를 듣고 무척 기뻐했다.

고향을 그리다

고향에서 가족과 살아도 될 것을

서울에서 또다시 지루한 생활

문장은 세속의 안목과 맞지 않고

꽃과 버들은 나그네 시름만 자아낼 뿐

먼지 막는 부채를 여러 번 들고

고향 가는 배를 늘 그리네

— 이때 정약용은 성균관 시험에 세 번째 낙방하고 회현방(會賢坊)에 머물러 있던
중이었다. 아버지의 파직까지 겹쳤던 탓에 정약용의 마음은 무거웠다.

17 한숨

어진 아내 원하지 않고
넓은 집 바라지 않는다
아내가 어질면 곁에 있고 싶고
집이 넓으면 마음이 늘어지기 마련
대장부라 한 몸을 얽어매어서
멀리 내다볼 겨를도 없다
잠시라도 곁을 떠나고 싶지 않은데
하물며 여름 겨울 어찌 넘길까
옛날부터 어질고 밝은 선비는
살림살이 즐거움 생각 안 했네
바랄 것 하나 없는 쓸쓸한 신세
한밤중에 그저 한숨만

문과에 급제하다

임금님 앞에서 보는 시험에 여러 번 응시했다가

마침내 급제의 영광을 얻었네

하늘이 끼친 조화 깊기도 하니

미물이 낳고 자람 후하게 입었네

무능하니 임금 돕기 어렵겠지만

공정과 청렴으로 충성을 다하리라

임금님 크게 격려해 주시니

부모님은 그것만으로도 흐뭇하겠지

― 정약용은 28세 되던 1789년 반시(성균관 유생들이 보던 시험)에 급제했다. 정약용이 정계에서 활동한 건 불과 10여 년밖에는 안 된다.

숙직하던 날

보잘것없는 내가 이제 막 조정에 들어와

숙직하는 첫날밤, 마음이 설레네

금마문에서 문장 올린 영광으로 이미 흡족하니

한림원에서 붓 잡을 재주 원래는 없었네

맑은 하늘에 바람이 불고 천둥이 치더니

깊은 골에서 갑자기 하얀 해가 떠오르네

쪽지 남기고 사람 불러 등불을 바꾸는데

대궐의 자물쇠는 언제나 열리나?

— 초짜 관료의 흥분이 느껴진다.

임금님이 내린 음식

구중 궁문 잠긴 뒤에 앉아서 읊조린다

밤은 깊고 누각 소리 들리지 않는다

바람이 잠든 창밖 눈송이 펄펄 날리어

달빛 아래 숨은 대궐 숲의 하얀 옥

깊은 산속 들어왔나 착각하며

숲 속의 싸늘한 방 등잔불만 의지하네

내각의 아전 기쁜 소식 전하는데

임금께서 내리신 진수성찬 열 사람이 떠멨다네

행여나 늦을까 바쁘게 뛰어가니

날 기다리던 사람들 그제야 잔 돌리네

시험을 감독하며

사물을 살핌은 지극히 밝아야 하고

마음을 지킴은 지극히 공정해야 하네

총명함과 우둔함은 타고 나는 것이지만

공과 사는 내 마음속에 있는 것이지

시험장에 가득한 유생들이여

기대하는 마음은 끝이 없도다

털끝만큼이라도 삿된 마음에 가리면

고귀한 난초가 쑥대로 바뀌지

— 과거 시험에 떨어지고 제도를 비판하던 소년이 어느덧 과거 시험을 관장하는
일을 맡게 되었다. 경험 많은 선배인 양 구는 모습이 재미있다.

빛과 기쁨

비 오고 바람 부는 날엔 세검정에 가자

세검정의 뛰어난 경치를 느끼려면 소나기가 쏟아질 때 폭포를 보아야 한다. 그러나 비가 퍼부을 때 사람들은 수레를 적시면서까지 밖으로 나가려 하지 않는다. 비가 갠 뒤에는 아무 소용이 없다. 산골짜기의 물도 이미 그 기세가 줄어들었으니. 이 때문에 세검정은 근교에 있으나, 성 안의 사대부 중 정자의 뛰어난 경치를 만끽한 사람은 드문 것이다.

신해년(1791) 여름, 나는 한혜보 등 여러 사람들과 명례방에 모였다. 술이 몇 순배 돌자 찌는 듯 뜨거운 열기가 느껴지더니 갑자기 검은 구름이 사방에서 일어나고, 마른 천둥소리가 멀리서 들리기 시작했다. 나는 술병을 차고 벌떡 일어나면서 말했다.

"폭우가 쏟아질 징조라네. 어떤가, 세검정에 가 보지 않겠는가? 거부하는 이에겐 벌주 열 병을 선사할 테니 각오하게."

모두들 찬성하고 나섰다.

우리는 밖으로 나와 마부를 재촉했다. 창의문을 나서자 빗방울이 뚝뚝 떨어졌는데 크기가 벌써 주먹만 했다. 말을 달려 정자 아래 이르자 수문 좌우의 산골짜기에서는 이미 물줄기가 암수의 고래가 물을 뿜는 듯했고, 옷소매는 빗방울에 잔뜩 얼룩이 졌다. 정자에 올라 자리를 펴고 난간 앞에 앉았다. 나무들이 미친 듯이 흔들렸고 차가운 기운이 뼈에 스며들었다. 비바람이 크게 불더니 산에서 내려오는 물이 갑자기 들이닥쳐서 눈 깜짝할 사이에 계곡은 물바다가 되어 물 부딪치는 소리가 천지를 뒤흔들었다. 모래와 바위가 함께 흐르고 굴렀다. 물은 정자의 주춧돌까지 다가와 매섭게 할퀴고 지나갔다. 형세는 웅장하고 소리는 맹렬했다. 서까래와 난간이 흔들리니 몸이 다 떨려서 붕붕 뜬 느낌이 들었다. 내가 어떠냐고 묻자 모두들 이렇게 대답했다.

"이루 말할 수 없이 좋군."

― 젊은 정약용의 성격이 가장 잘 드러난 글이 아닌가 한다. 나 또한 비 오는 날은 세검정에 가 보고 싶다.

42

대나무 울타리를 세우고

화단 동북쪽에 서까래처럼 굵은 대나무를 구해 울타리를 세웠으니 이것이 바로, 죽란(대나무 울타리)이다.

조정에서 일을 마치고 돌아오면 건을 젖혀 쓰고 울타리를 따라 걷는다. 달빛 아래에서 혼자서 술을 마시고 시를 짓는다. 한적한 뒤뜰, 고요한 숲의 정취가 있어 시끄러운 수레바퀴의 소리를 다 잊어버리게 된다. 윤이서(윤지범), 이주신(이유수), 한혜보(한치응), 채이숙(채홍원), 심화오(심규로), 윤무구(윤지눌), 이휘조(이중련) 등이 날마다 찾아와 취하도록 마시곤 한다. 이것이 이른바 죽란시사라는 것이다.

— 열정적인 관료, 뜰을 노니는 은자, 우정의 가치를 소중히 여기는 청년의 모습이 다 들어 있다.

모임이 이루어지자 다음과 같이 약속했다.

"살구꽃이 피면 한 번 모이고, 복숭아꽃이 피면 한 번 모이고, 한여름에 참외가 익으면 한 번 모이고, 초가을 서늘해지면 서지의 연꽃 구경하러 한 번 모이고, 국화가 피면 한 번 모이고, 한겨울 큰 눈이 내리면 한 번 모이고, 세밑에 화분의 매화가 피면 한 번 모인다. 모일 때마다 술과 안주, 붓과 벼루를 준비해 술 마시며 시를 읊도록 한다. 나이 적은 사람부터 준비해서 나이 많은 사람 순으로 돌되, 다 돌면 반복한다. 아들을 낳은 사람이 있으면 한턱을 내고, 수령 나가는 사람이 있으면 한턱을 내고, 승진하거나 아우나 아들이 과거에 합격한 사람이 있으면 한턱을 낸다."

이름과 규약을 기록하고 죽란시사첩이라는 제목을 붙였다. 대부분의 모임이 우리 집에서 열렸기 때문이다.

— 젊은 정약용을 대변하는 글이라 해도 과언이 아닐 것이다.

우정이란 어려운 것

상하 오천 년 중 더불어 같은 세상에 사는 것은 우연이
아니다. 종횡 삼만 리 가운데 더불어 같은 나라에 사는 것
도 우연이 아니다. 같은 세상 같은 나라에 산다고 해도 나
이 차이가 많고 멀리 떨어진 곳에 살고 있으면, 만난다 해
도 어려워 즐거움이 적고 세상을 마치도록 서로 알지 못하
는 경우도 생긴다. 한 사람은 잘나가고 다른 한 사람은 못
나가거나 노는 취향이 같지 않으면 나이가 비슷하고 이웃
에 살더라도 즐겁게 놀 수가 없다. 이것이 바로 친구를 사
귀고 어울림이 깊어지지 않는 이유다. 우리나라는 그중 심
한 곳이다.

국화가 다른 꽃들에 비해 특별히 뛰어난 점이 네 가지 있다. 늦게 피는 것, 오래 견디는 것, 향기로운 것, 고우면서도 화려하지 않고 깨끗하면서도 싸늘하지 않은 것이다. 나는 이 네 가지 외에 촛불에 비친 국화 그림자를 더 들고 싶다. 매일 밤 담장과 벽을 쓸고 등잔불을 켠 뒤 국화 그림자 가운데 앉아 홀로 즐기는 이유다.

하루는 윤이서(윤지범)에게 들러 이야기를 나누다가 그를 청했다.

"오늘 저녁에 우리 집에서 주무시면서 함께 국화를 구경합시다."

"국화가 아무리 아름답다 한들 밤에 구경할 정도야 되겠는가?"

윤이서가 아픈 몸을 핑계로 사양하기에 나는 그래도 구경 한번 해 보세요, 하면서 굳이 그를 끌고 집으로 왔다.

저녁이 되었다. 일하는 아이를 시켜 촛불을 국화 한 송이에 바싹 갖다 대게 하고는 남고에게 물었다.

"기이하지 않습니까?"

남고가 자세히 들여다본 후 말했다.

"글쎄. 난 전혀 기이한 줄을 모르겠네."

그래서 나 또한 그렇지요, 하고 말했다.

잠시 후 일하는 아이에게 원래 하던 대로 준비를 시켰다. 옷걸이, 책상 등을 치우고 벽에서 약간 떨어진 곳에 국화를 놓았다. 그런 후 촛불을 적당한 위치에 놓아서 국화를 비치게 했다. 홀연 기이한 무늬와 신비한 모습이 벽에 가득했다. 가까이 있는 것은 꽃과 잎이 서로 어울리고 가지와 곁가지가 정연하여 마치 묵화를 펼쳐 놓은 것 같았다. 그 다음 것은 너울너울하고 어른어른하며 춤을 추듯 하늘거리는 모습이 꼭 달이 떠오를 때 뜨락의 나뭇가지가 서쪽 담장에 걸리는 것 같았다. 그중 멀리 있는 것은 제 각기의 모습으로 흐릿한 게 마치 가늘고 엷은 구름, 혹은 노을 같았다. 가끔씩 아예 사라지거나 소용돌이치는 모습은 질펀하게 일렁이는 파도와 같았다. 번쩍번쩍 서로 엇비슷한 것이 도무지 적당한 표현을 찾기도 어려웠다. 윤이서가 손으로 무릎을 치며 감탄했다.

"기이하구나. 이거야말로 천하의 빼어난 경치로군."

— 정약용 식의 풍류다.

모입시다!

오늘 저녁에 남고(윤지범)의 형제, 주신(이유수)과 이숙(채홍원) 등이 모두 모이기로 약속을 했으니 형도 꼭 와야 할 것입니다. 국화 화분 서너 개가 더 늘어났고 꽃잎도 다시 무성해졌습니다.

이릉, 소릉, 대릉(이정운, 권엄, 오대익이 살던 곳)의 여러 노인들이 저를 흉내 내고자 합니다만, 제 국화 화분이 대여섯 개에 불과하니 이를 어찌합니까? 서너 집의 것을 합한다면 10여 매는 되겠지만 어찌 우리 집 국화만 하겠습니까? 눈에 차지 않습니다.

— 한치응에게 쓴 편지다.

49

장맛비

장맛비가 열흘도 넘게 내립니다. 형께서는 두건도 쓰지
않고 버선도 신지 않은 채 맨머리로 시원한 누각에 앉아
기보 따위를 폈다 접었다 하면서 늙어 가는 것도 알지 못
하고 있겠지요. 나는 모르겠습니다. 그 속에 어떤 맛이 있
습니까? 비가 갠 뒤 세검정에 놀러 가려면 미리 계획을 세
워야 합니다. 이숙(채홍원)이 승정원에서 나오기만 기다린
다면 이미 가을이 되어 버릴 테니까요.

성옹(성호 이익)의 『해동악부』를 빌려 보았으면 하니 부
디 인색하게 굴지 마세요.

— 한치응에게 쓴 편지다.

누각에 앉아

　괴롭고 괴로운 이조 참의를 아직도 벗어나지 못했습니까? 비온 뒤라서 탕춘대 아래 폭포수가 한창일 텐데 훨훨 날아 함께 가서 구경할 수 없는 것이 애석할 따름입니다.

　약용은 명나라 사람 주대소를 본받아 새벽에 일어나면 맨머리로 시원한 누각에 앉아 오색 붓으로 고서 몇 장씩을 품평합니다. 그리고 허 미수(허목)가 칡 붓으로 옛 서체를 쓰던 일을 사모합니다.

— 채홍원에게 쓴 편지다.

강가의 정자에서 달밤에 뱃놀이하자는 의논은 아주 좋습니다. 모든 게 다 원만하기를 바라면 끝내는 이루지 못할 터이니 어느 정도 되었을 때 결행해야 합니다. 여름철의 음식물은 쉽게 상하는 법이니 간략하게 준비해서 따라온 마부나 하인배들이 굶주리지 않도록 하면 됩니다.

7월 보름이 지났는데도 더위가 가시지를 않아 적벽부를 읽었더니 갑자기 시원해집니다. 도대체 무슨 조화일까요?

— 채홍원에게 쓴 편지다.

금강산을 다녀왔으면 보고를 하세요

금강산에서 돌아온 소식을 듣고도 즉시 만나지 못하니 한스럽습니다. 겨우 나흘 동안에 내금강과 외금강의 명승을 두루 답사했다지요? 어찌 그리 신속하게 할 수 있었습니까? 깡마른 중의 가벼운 몸과 빠른 걸음으로도 백여 일은 머물러야 비로소 다 구경할 수 있다는 말이 있는데 형과 화오(심규로)는 나흘 만에 끝냈다니 고귀한 수레를 탄 잘나가는 관리의 걸음이지 나물이나 먹고 칡 신발이나 신고 다니는 사람이 미칠 바는 아닌 것 같군요. 구경하며 지은 시들을 숨기지 말고 급히 가져와 평점을 받아야 더 나은 사람이 될 것입니다.

— 이중련에게 쓴 편지다. 이중련은 심규로와 함께 금강산 유람을 다녀왔다.

정미년(1787) 여름, 나는 이기경의 정자에서 함께 변려 문 공부를 했다. 권영석, 정필동 등도 합류했다.

비가 조금 뿌리다가 다시 개어 하늘이 호수처럼 맑은 날, 이기경이 말했다.

"우리가 이 세상에 도대체 얼마나 산다고 답답하게 틀 어박혀 글만 짓고 있어야 하는 건가? 집에서 온 소주와 오 이가 있으니 월파정에서 한번 놀아 볼까?"

조그마한 배를 타고 용산에서 물결을 거슬러 올라갔다. 중류에서 한가롭게 동쪽의 동작 나루, 서쪽의 파릉 입구 를 바라보았다. 안개 낀 강은 넓고도 아득한데 크고 넓은 물결은 변함없이 푸르렀다. 월파정에 도착하자 해가 졌다. 난간에 기대어 술을 마시며 달이 떠오르기를 기다렸다. 잠 시 후 안개가 걷히고 잔잔한 물결이 밝아졌다. 이기경이 말했다.

"달이 지금 떠오른다."

— 이때만 해도 정약용은 이기경이 자신의 앞길을 앞장서 막으리라고는 조금도 생각하지 못했을 것이다.

33 칼춤 추는 여인에게

북소리 따라 풍악이 시작되니

넓은 좌중 가을 물처럼 고요하다

진주성 처녀 꽃 같은 그 얼굴

군복으로 단장하니 영락없는 남자

보라빛 쾌자에 푸른 모자 눌러쓰고

좌중 향해 절한 뒤 발꿈치를 들어

박자 소리 맞추어 사뿐사뿐 종종걸음

쓸쓸히 물러가다 반기며 돌아온다

하늘을 나는 선녀처럼 살짝 내려앉으니

발밑에 고운 가을 연꽃 피어난다

거꾸로 서서 한참 춤을 추다가

열 손가락 번득이니 이것은 꼭 뜬구름

한 칼은 땅에 또 한 칼로 휘두르니

푸른 뱀이 가슴을 백번 휘감는다

홀연히 쌍칼 잡자 사람 모습 사라지고

갑자기 구름 안개 허공에 피어난다

이리저리 휘둘러도 칼끝 서로 닿지 않고

치고 찌르고 뛰고 구르니 소름이 쫙

회오리바람 소나기가 차가운 산에 몰아치듯

붉은 번개 푸른 서리 빈 골짝서 다투는 듯

기러기 놀라 돌아올 듯하다가

성난 매처럼 내려 덮치니 못 쫓아가겠네

쟁그랑 칼 던지고 사뿐히 돌아서니

가는 허리는 처음 모습 그대로

— 조지훈의 '승무'를 떠올리게 하는 시다. 정약용의 문학적 재능을 읽을 수 있다.

강은 오늘도 한가하고

영감 한 명 동자 한 명 소년 한 명

양근의 강 머리 고깃배 한 척

배 길이는 세 길 낚싯대는 두 길

수십 벌 그물 낚싯바늘은 삼천

소년은 노 저으며 배꼬리에 걸터앉았다

동자는 솥 옆에서 줄을 삶는다

술 취한 영감 깊은 잠에 빠져

뱃전에 다리 올리고 푸른 하늘 본다

35 초가집 모임

조용한 산골짝에 깊숙이 앉은 초가집
느릅나무 버드나무가 작은 뜰에 어우러졌네
오이 채소 옹기종기 여기가 바로 고향 땅
온화한 붓과 먹이 선비들을 모았네
구름 사이로 비치는 해 꽃 모양을 바꾸고
가랑비가 오려나 나뭇잎이 몸을 떤다
울퉁불퉁 바윗길은 나귀가 제격
달이 뜨면 거문고 들고 다시 오리

— 죽란시사를 함께 했던 이유수의 집을 다녀온 후 쓴 시다.

퇴계 선생의 향기

한가한 틈에 살피니 왜 이리 분주한 건지
가는 세월 잡아맬 길이 없네
반평생 가시밭길에서 희망과 기대 어긋나고
이 한 몸 싸움터에서 갈피를 못 잡았네
만 가지 움직임이 한 가지 조용함만 못하고
흔한 향취 따르느니 외로운 향기가 더 낫다
도산은 어디고 퇴계는 또 어디인가
아득히 높은 기풍 끝없이 흠모하네

인생의 스승

도산사숙록 읽기를 시작하며

　을묘년(1795) 겨울, 나는 금정에 있었다. 이웃 사람을 통해 『퇴계집』을 얻었다. 매일 새벽에 일어나 세수를 마친 후 선생이 쓴 편지 한 편씩을 읽었다. 그런 후에야 아전들을 만났다. 낮에는 읽고 느낀 것을 기록해 스스로 깨우치고 살피는 도구로 삼았다. 금정에서 돌아온 후 나는 이 기록에 「도산사숙록」이라는 이름을 붙였다.

── 정약용은 1795년 중국의 천주교 신부 주문모 사건에 연루되어, 우부승지에서 금정찰방으로 좌천되었다. 그의 좌절 극복법은 바로 책을 읽는 일이었다.

³⁸ 퇴계는 약이다

약용은 요즘 퇴계 선생의 유집을 얻어 마음을 가라앉히고 깊은 실마리를 찾아보고 있습니다. 선생의 깊은 의미와 넓은 범위는 저처럼 보잘것없는 이들이 감히 엿보거나 헤아릴 수 있는 경지가 아닙니다. 그럼에도 정신과 기운이 편안해지고 생각이 고요히 가라앉으며 피와 살과 힘줄과 맥박이 안정되어 모나고 성급하던 기운이 사라지니 이 한 권의 책이 저의 병을 고치는 최고의 약이 아닌가 합니다.

도산사숙록1 : 은혜와 원한의 갈림길

사람들은 늘 스스로를 가볍게 여긴다. 입에서 나오는 대로 남을 헐뜯거나 칭찬하고 손길 닿는 대로 남을 누르거나 부추기는 글을 쓴다. 자신의 행동으로 다른 이의 영예와 치욕, 이익과 손해가 달라진다는 것은 아예 생각도 못한다.

인정해서는 안 될 사람을 인정하는 것은 잘못이 나에게만 있을 뿐이다. 그러나 배척해서는 안 될 사람을 배척하는 것은 그 잘못이 다른 이에게 미치게 되니 어찌 삼가지 않겠는가?

은혜와 원한은 말 한마디에서 비롯되고 재앙과 복은 글자 한 자 때문에 생겨난다. 명철한 선비는 마땅히 이것을 독실하게 마음에 새겨 두어야 하리라.

정자나 주자 같은 여러 선생들은 제자가 묻거나 경전의 뜻을 풀이할 때 마음을 가라앉히고 음미해서 스스로 깨우쳐야 한다고만 했지 그 맛에 대해서는 설명하지 않았다. 예전에는 그 부분이 무척 의심스러웠으나 제대로 알 수는 없었다. 이즈음 그것에 대해 깊이 생각해 보았다. 이 맛이라는 건 맛을 본 사람과만 말할 수 있고, 맛을 보지 않은 사람에게는 말해도 모르는 그 무엇이다. 우리 같은 사람들이 안연이 누렸던 즐거움을 어떻게 알겠는가? 그의 경지에 이르지 못하면 그의 즐거움을 알 수 없는 것이다. 비유해 볼까? 이는 꿀맛을 본 사람이 꿀맛을 모르는 이에게 그 맛을 알려 주려고 하나 끝내 설명하지 못하는 것과 같은 이치인 것이다.

도산사숙록3 : 헛된 명예

헛된 명예를 얻으면 비방을 얻게 되어 결국은 재앙을 당한다. 나는 똑똑한 것과는 거리가 먼 사람인데도 어떤 이들은 나더러 기억력이 좋다고들 한다. 이 말을 들을 때마다 나도 모르게 땀이 나고 송구스럽다. 이런 말을 태연히 받아들이고 사람들이 속아 주는 것을 즐기면 어떻게 될까? 하루아침에 천근의 무게를 난쟁이에게 지워서 그것을 메고 일어서라고 한다면 어떻게 될까? 원래의 부족했던 재주가 일시에 드러날 테니 군색하고 답답해져서 몸을 둘 곳도 없게 될 것이다.

성인들의 책을 읽으면서 마음에 병이 있다는 말을 자주 만났다. 처음에는 의아했는데 요즈음 들어 느끼는 바가 있다.

대개의 사람들은 스스로를 점검하고 성찰하는 법이 없다. 천 가지 병, 백 가지 아픔을 지니고 있으면서도 찾아내지 못한다. 미친 사람은 도리어 근심이 없는 것과 마찬가지인 것. 이것은 모두 자기를 살피는 공부가 부족하기 때문이다.

마음 다스리는 공부에 정성을 기울이면 우리 마음속에 실은 수많은 병이 있다는 사실을 깨닫게 된다. 주자께서 말씀하셨듯 어떤 행동이 병을 일으킨다는 것을 알면 그렇게 하지 않음을 약으로 삼아 맹렬히 공부할 수 있게 되는 것이다.

천하에 가르쳐서는 안 되는 두 글자로 된 나쁜 말이 있
다. 소일(消日)이 그것이다. 슬프다. 일을 하는 사람의 처지
에서 말하면, 1년 3백 65일을 쉬지 않고 일해도 부족할 것
이다. 밤낮으로 농사일에 부지런히 힘을 쓰는 농부는 해를
붙잡아 두는 방법만 안다면 반드시 끈으로 끌어당길 터.
그런데 저기 있는 저 사람은 도대체 어떠한 인간이기에 하
루를 보내지 못하는 것만을 근심하고 고민하여 장기와 바
둑과 공놀이에 푹 빠져 있는 걸까?

문인과 학자에겐 고질적인 병폐가 하나 있다. 한 글자한 구절이라도 남의 지적을 당하면 비록 속으로는 그 잘못을 깨닫고 있더라도 겉으로는 둘러대고 꾸며 댈 뿐, 결코잘못을 인정하지 않는다. 심지어는 화난 표정을 얼굴에 드러내거나 마음 깊이 꽁하게 품고 있다가 마침내 보복하고마는 경우도 있다. 이런 행동을 보고 어찌 느끼는 바가 없겠는가?

글 쓰는 일만 그런 것이 아니다. 말하고 행동하는 중에도 같은 병폐가 나타날 수 있다. 그러므로 늘 거듭 생각하고 살펴야 할 터. 잘못을 깨달으면 그 즉시 생각을 바꾸어봄눈 녹듯이 선을 좇아야만 소인이 되지 않으리라.

도산사숙록7 : 허물과 겸손

　퇴계 선생은 자신의 나이 예순인데도 반쯤 밝고 반쯤 어
둡다는 표현을 썼다. 도무지 참인지 거짓인지 모르겠다.
선생 같은 현자가 어찌 그렇겠는가? 아마도 겸손으로 한
말씀일 것이다. 공자의 말씀을 떠올린다. '내게 몇 해만 더
있다면 주역을 다 마칠 수 있으니 큰 허물은 없을 것이다.'
　공자가 어찌 주역을 못 마쳤을 것이며, 또 어찌 큰 허물
이 있었겠는가? 이렇게 말씀하신 까닭은 후학이 지레 겁
을 먹고 포기하지 않도록 하기 위함이다.

내겐 큰 병이 하나 있다. 머릿속에 생각이 떠오르면 써야 하고, 일단 쓰면 남에게 보여야 한다. 생각이 떠오를 때 어떻게 하나? 붓을 잡고 종이를 펴서 잠시도 머뭇거리지 않고 글을 쓴다. 글을 쓴 후엔 어떻게 하나? 스스로 만족하고 들떠서 글을 조금이라도 아는 이를 만나기만 하면 내 글이 완벽한지 편벽한지 따지지도 않고, 그 사람이 친한지 안 친한지 생각하지도 않고 당장 글부터 보여 주려 한다. 한바탕 말잔치를 벌이고 나면 어떻게 되나? 내 마음속과 글 상자가 텅 비었음을 느꼈다. 정신과 기가 다 흩어져 버리니 쌓이고 길러지는 게 하나도 없었다. 이래서야 어찌 참된 마음을 함양하고 몸과 이름을 보전하겠는가?

이는 경천, 즉 가벼움과 얕음 두 글자 때문이다.

도산사숙록9 : '고칠 개'라는 글자

　우리는 모두 허물이 있는 자들이다. 우리가 서둘러 명심해야 할 문자는 개과, 즉 허물을 고치는 것뿐이다.

　세상을 내려다보며 남을 무시하는 게 한 가지 허물이고, 별것 아닌 재주와 능력을 뽐내는 게 한 가지 허물이고, 영화를 탐내고 이익을 사모하는 게 한 가지 허물이고, 남에게 베푼 것과 남에게 당한 원한을 잊지 않는 게 한 가지 허물이고, 뜻이 같으면 한패로 삼고 뜻이 다르면 배척하는 게 한 가지 허물이고, 잡스러운 책 보기를 즐기는 게 한 가지 허물이고, 남에 눈에 뜨일 새로운 견해를 말하는 데에만 신경 쓰는 게 한 가지 허물이니 온갖 병통들은 다 헤아리기도 힘들다. 치료약은 오직 하나뿐이다. 그것은 바로 고칠 개(改) 한 글자다.

배우는 사람이 지켜야 할 도리가 있다. 먼저 공부한 이의 학설에 의심스러운 곳이 있더라도 성급하게 의견을 내서는 안 되고 이미 낡은 것으로 치부해서도 안 된다. 자세히 연구하여 말한 사람의 본래 뜻을 깨우치도록 노력하는 것이 먼저이다. 환히 이해하게 되면 홀로 묵묵히 웃으면 그만이다. 혹 잘못된 것을 발견했다면? 공평한 마음으로 용서하고 순리를 따라 해석하면 된다. 그 사람은 그렇게 보았기에 그렇게 말한 것이지만, 지금이었다면 마땅히 이렇게 말했을 것이다, 하고 생각하면 된다.

한 부분만 보고서 기이한 재물이라도 얻은 것처럼 좋아 날뛰거나 아무 느끼는 바도 없이 옛것을 배척하고 자기 의견을 내세우는 사람이 되어서는 안 된다는 뜻이다.

도산사숙록11 : 공명정대한 마음

    퇴계 선생은 이색, 정몽주, 김굉필, 조광조 등 여러 군자
에 대한 생각을 밝힌 바가 있는데 잘못된 점도 숨기지 않
았다. 공명정대한 마음에서 나온 평가라 할 수 있다. 개인
적으로 좋아한다는 이유로 과실을 덮지는 않은 것이다.

성호 이익, 영원한 스승

학식이 넓고 깊은 성호 선생을

나는 백대의 스승으로 모시고 따른다

훌륭한 숲에 과일 열매 많고

큰키나무에 뻗은 가지 울창도 하다

강의하실 때는 모습이 준엄하시고

투호 즐기실 때는 예법에 밝으셨지

홀로 고결하시어 사람들이 감탄했건만

쓸쓸히 묻히고 잊히셨지

— 정약용은 16세 때 성호 이익의 글을 처음 보았다. 그 이후 평생 이익을 사숙
했다.

성호 선생의 책

　지금은 참된 학문이 쇠퇴하고 속된 논의가 드센 상황이지만 그래도 퇴계 선생의 뒤에 성호 선생이 있습니다. 그 덕분에 얼마 되지 않는 책을 통해 깊이 사모하고 그 뜻을 살펴 문로를 찾아갈 수 있는 것입니다. 성호 선생은 일생 동안 주자만을 숭상했기에 여러 경전에 대해 묻고 답한 책들은 모두 주자의 주를 따라 뜻을 밝힌 것이며, 심경, 근사록, 소학, 가례 등을 묻고 답한 책들은 주자의 설을 전공하며 그 가르침을 후손에게 전한 것입니다. 그렇기에 저술이 많기는 해도 귀착되는 곳은 모두 한 곳이니, 후세 학자들의 박학하나 요령이 없는 경우와는 다릅니다. 문호가 지극히 바르고 법도는 지극히 엄격하며 길은 매우 가깝고 경지는 대단히 깊으니, 어리석은 사람이라도 따라 행할 수 있지요. 이 또한 요즈음의 학자들이 따르기 어려운 경지입니다.

── 이광교에게 쓴 편지다.

벗들과 성호 선생의 책을 공부하다

봉곡사는 온양의 서쪽에 있다. 남쪽은 광덕산, 서쪽은 천방산이다. 첩첩이 둘러싸인 높은 봉우리와 울창한 숲, 깊은 골짜기의 그윽함이 있어 즐길 만한 곳이었다. 우리가 방문했을 때에는 이른 눈이 내려 한 자나 쌓여 있었다.

매일 새벽 일찍 일어났다. 여러 친구들과 함께 시냇가에 나가서 얼음을 깨고 샘물을 떠서 세수하고 양치질을 했다. 저녁에는 함께 산언덕에 올라가 이리저리 거닐며 풍경을 바라보았다. 안개와 구름이 섞여서 아름다웠다.

낮에는 함께 성호 선생의 질서(疾書)를 정서했다. 목재(이삼환, 이익의 후손)께서 직접 교정을 하셨다. 밤에는 학문과 도리를 강론하는 시간을 가졌다. 때로는 목재께서 질문하고 여러 사람들이 대답했고 때로는 여러 사람들이 질문하고 목재께서 변론을 하셨다. 열흘을 이와 같이 보냈다. 매우 즐거운 일이었다.

— 벗들과 함께 성호 이익의 책을 공부하는 모습은 십 대 시절 둘째 형 정약전과
동림사에서 공부했던 때와 전혀 다르지 않다.

임금님 명령

　어제 부용정에서 임금님 명령에 응하여 지은 시는 취중에 써 올렸습니다. 그런 터라 어떤 구절을 썼는지 어떤 글씨를 썼는지 도무지 생각이 나지 않습니다. 하룻밤을 자고 났더니 아예 까마득하게 잊었으므로 적어서 보내 드릴 길이 없습니다.

― 정약용과 정조는 신하와 임금의 관계 그 이상이었다.

신해년(1791) 가을, 성상께서 시경에 대한 질문 800여 가지를 친히 지어서 신에게 답하도록 명령하셨다. 신이 이를 삼가 받아서 읽어 보니, 아무리 큰 선비일지라도 대답할 수 없는 것이었다. 그러니 신이 무슨 말을 하겠는가.

이에 구경(九經), 사서(四書) 및 여러 제자백가들의 책과 역사책들을 두루 살펴 극히 짧은 말 한 마디 글 한 구절이라도 시경을 인용하거나 논한 것이 있을 경우에는 다 차례대로 뽑아 적고 근거를 인용해 대답했다. 해석과 고증이 분명하니 뜻에는 별 문제가 없었다.

책을 올리자 성상께서는 친히 비평을 하셨다.

"백가(百家)의 말을 두루 인증하여 그 출처가 무궁하니, 진실로 평소 쌓아 두었던 공부가 깊고 넓지 않다면 어찌 이렇게 할 수 있었겠는가."

아, 신이 어찌 학문이 깊고 넓은 데에 해당될 수 있겠는가. 신은 감히 사사로운 의견으로 성상의 분부에 대답할 수는 없다 여겼기 때문이었다.

배다리를 건너며

해마다 정월이 오면

임금 수레 화성으로 거둥하시지

가을이 지나면 배를 모아서

눈 오기 전에 다리 만드니

새 날개 같은 붉은 난간 양쪽에 세우고

고기비늘 같은 흰 널빤지 가로로 깐다

선창가의 저 바위 구르지 않으니

천년토록 임금님 마음을 알고 있겠지

— 배다리를 설계한 것은 바로 정약용이었다.

56 사기를 교정하다

병진년(1796) 겨울, 나는 임금님의 부름을 받고 규장각에 들어가 승지 이익진, 검서 박제가와 함께 『사기』를 교정했다. 주상께서는 서고에 소장되어 있는 『사기』의 여러 본을 비교해 가장 좋은 것을 취하라는 명령을 내리셨다.

우리는 문장을 보다가 주석을 뒤적이고, 그 고증을 위해 주석에 등장하는 책들을 보게 해 달라고 요청을 했다. 그 덕분에 서고에 비장되어 있는 책들을 열에 하나둘 정도는 직접 볼 수 있었다.

집에서 저녁밥이 오면, 각감이 나타나 배불리 먹지 말라고 말하는 경우가 있었다. 그런 날이면 주상께서 진귀한 음식을 하사하셨으니 그 특별한 영광을 어찌 다 말로 설명할까?

가만히 생각해 보면 『사기』를 교정하는 것은 책을 위한 것이 아니었다. 서고에 이미 여러 본이 다 갖추어져 있는데, 무엇 때문에 교정을 하겠는가? 『사기』를 교정하는 것은 나라를 위하는 것도 아니었다. 글자에 약간의 오류가 있다 해도 나라에 해될 것은 전혀 없으니.

『사기』를 교정하는 것은 바로 우리 같은 신하들을 위한 일이었다.

가족

57 혼례 치르러 가는 배 안에서

아침 햇살 가득한 산 맑고 멀다

봄바람이 스치자 물이 일렁거린다

도는 기슭에서 키를 돌린다

여울이 빨라 노 소리도 울리지 않는다

어린 풀 그림자 물 위에 뜨고

새로 난 버들가지 하늘하늘

서울이 점점 가까워지니

울창한 삼각산은 높기도 하다

— 정약용은 1776년 2월 15일에 관례를 올리고 16일에 서울로 가서 22일에 혼례를 치렀다. 이 시는 서울에 갈 때 배에서 지은 것이다.

58 돌아가신 장모님께

부인께선 늘그막에 많은 복을 누리셨지만

젊은 시절의 가난 늘 입에 담으셨네

머리 잘라 팔아서 손님을 접대했고

방아 찧어 늙으신 부모 즐겁게 해 드렸다고

사랑해 주신 은혜 그 누가 갚을까

온유한 덕 세상에 드문 것인데

슬프구나 부인 고이 잠드신 곳

단풍 숲에 비 뿌려 먼지 씻겨 주네

— 결혼한 이듬해 장모가 세상을 떠났다.

겨울, 동림사에서

아버지가 화순현감으로 부임한 다음 해 겨울, 나는 둘째 형님과 함께 동림사에 머물렀다. 형님은 상서를, 나는 맹자를 읽었다.

첫눈이 가루처럼 바닥을 덮었고, 계곡의 물은 얼어붙기 직전이었다. 산의 나무는 물론이고 대나무마저도 추위에 파랗게 변해 움츠렸다. 아침저녁으로 거니노라면 저절로 정신이 맑아졌다. 아침에 일어나면 시냇물로 달려가서 양치질하고 얼굴을 씻고, 식사시간을 알리는 종이 울리면 스님들과 나란히 앉아 밥을 먹는다. 날이 저물어 별이 보이면 언덕에 올라 휘파람 불며 시를 읊고, 밤이 되면 스님들이 게송을 읊고 불경을 외우는 소리를 듣다가 다시 책을 읽는다. 이렇게 40여 일 하고는 형에게 말했다.

"중이 중노릇을 하는 이유를 알았습니다. 가족과 함께 사는 즐거움도 없고, 술 마시고 고기 먹고 음탕한 음악과 여색의 즐거움이 없는데, 저들이 고통스럽게 중노릇을 하는 까닭을 알았습니다. 그것은 고통과 바꿀 수 있는 깊은 즐거움이 있기 때문입니다. 우리 형제가 학문을 한 지 이미 여러 해 되었는데, 동림사에서 맛본 것 같은 즐거움이 전에 있었습니까?"

둘째 형님도 동의했다.

"그렇지. 그래서 중노릇을 하겠지."

─ 정약용의 머릿속에 가장 아름답게 남아 있는 장면들은 대개는 벗이나 형과 함께 공부하던 시절의 것이다.

기유년(1789) 가을, 울산에 계신 아버지를 만나러 갔다가 가을의 밝은 달밤에 반해 몇몇 이들과 남호에서 놀았다. 어부가 그물을 던졌으나 물고기는 잡히지 않았다. 그때 청둥오리 한 떼가 수면에 내리더니 물을 차고 다녔다. 잠시 후 오리들은 모두 머리를 거꾸로 하고 물속으로 들어갔다. 흰 물고기 수십 마리가 물 위로 떠올랐다. 노질하는 사람이 말했다.

"오리는 고기를 잡은 후 골만 먹고 버린답니다."

고기를 건져서 회를 쳤다. 은색 실 같았으니 참으로 기이했다.

음악이 없는 게 아쉬웠는데 경주에 산다는 이가 가야금을 들고 지나갔다. 그 사람을 불러 술을 주고는 가야금을 타게 했다. 음악 소리가 마음을 즐겁게 했으니 이 또한 참으로 기이했다.

내가 아이를 죽였다

　　신해년(1791) 3월, 나는 아버지를 만나러 진주로 갔다. 아이를 거짓말로 속인 후에야 길을 나설 수 있었다. 진주에 도착한 뒤에 구악이 천연두를 앓았다는 소식을 들었다. 병중에 여러 번 나를 부르며 찾았다는 것이다. 진주에서 돌아오니, 구악은 내 얼굴을 알아보기는 했으나 전처럼 가까이 따르지는 않았다. 며칠 후 다리의 종기를 이겨 내지 못하고 죽었다. 4월 2일의 일이었다. 날짜를 따져 보았다. 구악이 고통으로 신음하고 있을 때 나는 촉석루 아래 남강에서 악기를 늘어놓고 기생들과 노래하고 춤추며 남강의 물결을 즐기고 있었던 것이다.

　― 정약용의 셋째 아들 구장(구악)은 세 살에 죽었다.

어린 딸은 성품도 효성스러워서 부모가 다투면 옆으로
다가와 웃음을 지으면서 양편의 화를 모두 풀어 주었다.
부모가 때가 지나도록 밥을 먹지 않으면 애교스러운 말로
먹기를 권했다. 태어난 지 24개월 만에 천연두를 앓았다.
발진이 잘 안 되고 검은 점이 되더니 하루 만에 숨이 끊어
지고 말았다. 갑인년(1794) 정월 초하룻날 밤 사경의 일이
었다. 그 모습이 유난히 단정하고 예뻤는데, 병이 들자 초
췌해져서 검은 숯덩이처럼 되었다. 죽기 전 다시 열이 오
르는 중 잠깐이나마 원래의 애교스러운 웃음과 말을 보여
주었으니 더욱 안타깝다. 가련하다. 세 살에 죽은 어린 아
들 구장도 마재에 묻었는데, 이제 너 또한 여기에 묻는다.
네 오빠의 무덤과 종이 한 장만큼의 사이를 둔 것은 서로
의지하며 지내라는 뜻이다.

— 훗날 정약용은 이렇게 기록했다. '6남 3녀를 낳았는데 2남 1녀가 살고 4남 2녀
가 죽었다. 죽은 아이가 산 아이의 두 배이다.'

어머니께서 세상을 버리셨을 때 약용의 나이 겨우 아홉 살이었다. 머리에는 이와 서캐가 득실거렸고 얼굴에는 때가 더덕더덕 붙었다. 날마다 힘들게 빗질하고 씻긴 건 바로 형수였다. 그러나 약용은 그게 싫어서 몸을 흔들며 달아나서는 형수 곁으로 가려 하지 않았다. 형수는 빗과 세숫대야를 들고 따라와서 나를 어루만지며 제발 씻으라고 사정을 했다. 달아나면 잡으러 오고 울면 놀렸다. 꾸짖고 놀려 대는 소리가 뒤섞여 떠들썩했다. 온 집안이 그 일로 한바탕 웃곤 했다. 모두들 약용을 밉살스럽게 여겼다.

— 정약용에게 형수는 어머니였을 것이다.

    둘째 형님께서 재실 이름을 매심(뉘우치는 마음)이라 지은 것에 어찌 큰 뜻이 없겠는가? 뉘우침에도 방법이 있다. 밥 한 그릇 먹을 만한 시간에 불끈 성을 냈다가 뜬구름이 하늘을 지나가는 것처럼 무의미하게 여긴다면 이것이 어찌 뉘우치는 방법이겠는가? 작은 잘못이야 고치고 잊어버려도 상관없지만 큰 잘못의 경우 하루라도 그 뉘우침을 잊어서는 안 된다. 뉘우침이 마음을 길러 주는 것은 똥이 곡식의 싹을 키워 주는 것과 같다. 똥은 썩은 오물로써 싹을 길러 좋은 곡식으로 만들고, 뉘우침은 죄로부터 나와 덕을 길러 주니 그 이치는 동일하다.

    약용이 뉘우칠 일은 둘째 형님에 비교하면 만 배에 이를 터, 이름을 빌어다가 내 방에 붙여야겠다. 그러나 마음속에 간직하고 있으면 굳이 붙일 필요도 없겠다.

임자년(1792) 여름, 우리 형제들은 진주에서 아버지 상을 당했다. 하담의 선영에서 장례를 치르고 돌아와 초천의 집에 여막을 차렸다. 상복을 벗기도 전에 집이 무너지려고 해 아버지가 남기신 뜻을 따라 수리를 했다. 큰 형님이 특별히 목수를 시켜 집의 동남쪽으로 반 칸쯤의 땅을 할애하여 누대를 세우라고 했다 친척과 동네 사람들이 규모가 협소해 불편하다고 투덜댔으나 큰 형님은 조금도 흔들리지 않았다.

큰 형님은 상복을 벗은 뒤 그 누대에 '망하(望荷)'라는 편액을 걸고는 날마다 잠자리에서 일어나는 즉시 그 위에 올라갔다. 슬퍼하고 근심하는 모양이 마치 무엇을 바라보려고 하지만 보이지 않는 것 같았다. 늘 애처롭게 탄식하면서 어떤 때는 해가 저물어도 돌아갈 줄을 몰랐다. 그러자 전에 누대가 불편하다고 헐뜯던 사람들도 더 이상 아무 말도 하지 않았다. 부모를 기리는 생각에서 누대가 탄생했음을 깨달았기 때문이다.

— 아무리 누대가 높더라도 이백 리 떨어진 곳이 보일 리는 없다. 그럼에도 누대를
만들고 올라가 보는 마음이 참으로 아름답다.

삶의 원칙,
그리고 책

금강산을 유람하는 이유

　금강산에선 곡식이 나지 않는다. 귀중한 금속이나 돌도 없으며, 진귀한 목재나 동물, 그 밖의 자원도 하나 없다. 가파른 봉우리, 우뚝 솟은 돌들의 기괴한 모습, 깊은 못, 쟁그랑거리는 폭포, 넘실거리는 물결 들이 사람을 놀라게 하는 것으로 천하에 이름을 얻었을 뿐이다.

　그럼에도 사람들은 먹을 것을 싸 가지고 시냇물과 언덕을 건너고 거친 풀을 헤치고 가파른 바위를 지난다. 등에 땀을 흘리고 숨을 헐떡거리면서까지 반드시 구경하는 것을 호쾌한 일로 여긴다. 왜 그런 걸까? 훌륭한 악기로 연주하는 음악을 듣는 걸로는 성에 차지 않아서 쏟아지는 폭포 소리를 듣고 기뻐하는 것이고, 꽃과 나무, 골동품으로는 만족하지 못해서 가파른 봉우리와 괴석을 보며 즐거워하는 것이다. 보고 듣는 욕심을 탐하는 것이 참으로 심하다. 내가 보기엔 참으로 문제가 많은데 세상 사람들은 어째서 이들을 고고하고 담백하다고 하는 걸까?

— 생략한 후반부 글엔 유람이 마음을 기르는 일과 관련이 있다는 상식적인 내용이 전개된다. 유람의 실용적 의미를 생각하는 전반부 글이 오히려 더 젊은 정약용다울 수도 있겠다.

중국은 왜 중국일까?

만리장성의 남쪽, 오령의 북쪽에 세운 나라를 중국이라한다. 요하의 동쪽에 세운 나라를 동국이라 한다. 동국 사람이 중국을 유람하면 감탄과 자랑과 부러움이 끊이지 않는다. 하지만 나는 중국이 왜 가운데가 되어야 하는지 모르겠고 동국이 왜 동쪽이 되어야 하는지 모르겠다.

해가 머리 위에 있으면 정오인 법이다. 정오를 기준으로 해가 뜨고 지는 때까지의 시간이 같으면 바로 내가 선 곳이 동서의 가운데인 것이다. 북극은 땅에서 몇 도가 높고, 남극은 땅에서 몇 도가 낮다고 한다. 그렇더라도 오직 전체 거리의 절반만 된다면 내가 선 곳이 바로 남북의 가운데인 것이다. 내가 선 곳이 동서남북의 가운데라면 어디든 중국이 아닌 곳이 없다. 그렇다면 왜 굳이 중국이니 동국이니 따로 불러야 하는 걸까?

— 중국(中國)이라니, 생각해 보면 참 어처구니없는 이름이다.

자신을 소중하게 여기지 않는 이유

숨겨진 방에 화장한 미인들이 많다는 소문이 들립니다. 도대체 무슨 일입니까? 공은 연세가 높으신 서생입니다. 임금님 은혜를 받아 하루아침에 높은 지위에 오르고 보니 갑자기 풍류를 즐기는 귀공자의 흉내라도 내고 싶어진 겁니까? 당뇨로 몸도 좋지 않았는데 여색까지 즐긴다면 병은 더욱 깊어지겠지요. 자신을 소중하게 여기지 않은 이유가 도대체 무엇입니까?

─ 이기양은 1744년생이니 정약용보다 스무 살 가까이 많다. 그럼에도 정약용의 비판은 매섭다. 가까운 사이라 더 그랬을 것이다.

복암(이기양) 공은 젊어서부터 실용의 학문에 뜻을 두었으나 음관 출신이라 이룬 바가 없었다. 성상께서 그의 어짊을 알고 과거에 합격시켜 주셨으니 수년 만에 그의 지위가 참판에 이르렀다. 이제 다른 나라에 사신으로 가게 되었으니 나라가 공에게 의지하는 뜻이 얼마나 크겠는가? 공은 어떠한 방법으로 나라에 보답을 해야 할까? 이 나라 백성을 위해서 이용과 후생의 방도를 고민해 오래도록 그 혜택을 입게 해 준다면 나라에 제대로 보답하는 것일 터.

공의 능력이라면 사신 역할뿐만 아니라 그 나라의 형편을 두루 살필 수 있을 것이다. 눈으로 보고 손으로 만져 볼 수 있으니 역관들도 능히 하는 일을 공이 못할 이유가 없을 터.

옛날 문익점은 목화씨를 얻어 돌아와서 심은 후 씨아와 물레의 제도를 전했고, 사람들은 실 뽑는 기구에 문래(文來)라는 이름을 붙여 그 공을 기억하고 있으니 어찌 위대한 일이 아니겠는가?

— 이용후생에 대한 정약용의 지대한 관심을 읽을 수 있다.

사람이 오래 살기를 바라는 이유는 무엇일까? 오래 살지 못하면 세상의 여러 즐거움을 다 누릴 수 없기 때문이다.

흔히 말하는 복에는 두 가지가 있다. 외직으로 나가서 대장 깃발을 세우고 관인을 허리에 두른 채 풍악을 울리고 여인을 데리고 논다. 내직으로 들어와서는 비단옷을 입고 수레를 타며 대궐에 들어와 나라 다스릴 계책을 듣는다. 이것들이 바로 열복(熱福)이다.

깊은 산중에서 삼베옷에 짚신 차림을 하고는 맑은 샘물에서 발을 씻고 늙은 소나무에 기대어 시를 읊는다. 집에는 이름난 거문고와 오래 묵은 악기, 바둑판, 책을 갖추어 둔다. 마당에는 백학 한 쌍을 기르고 기이한 화초와 나무, 수명을 연장하고 기운을 차리게 돕는 약초를 심는다. 산승이나 도인들과 왕래하고 돌아다니며 세상과 세월을 잊은 채 산다. 이것들이 바로 청복(淸福)이다.

사람은 성품에 따라 둘 중 하나를 고른다. 하늘이 아끼고 주려 하지 않는 것은 바로 청복이다. 열복을 얻은 사람은 많지만 청복을 누린 사람은 별로 없다.

선비의 이름

선비는 이름과 더불어 세상을 산다. 이름을 처리하는 방법은 제각각이다. 이름이 이르렀는데 내가 그것을 버리는 것을 '이름을 피한다.'라고 한다. 나와 이름이 함께 이른 것을 '이름을 드날린다.'라고 한다. 이름은 이르지 않았는데 내가 바라는 것을 '이름을 구한다.'라고 한다.

이름을 구하는 것은 너무 비열한 짓이라 군자가 할 일이 아니다. 이름을 피하는 것은 너무 고상한 행동이라 이 또한 군자가 할 일이 아니다. 행실을 닦고 덕을 쌓아, 문예를 성취하고 재능을 갖춰서 출세하는 것, 그래서 천하에 드러난 이름을 잃지 않는 것은 성인들도 부끄럽게 여기지 않는 바다. 하물며 평범한 선비야 말할 것도 없다.

　문장은 도를 논하는 것이고, 시는 뜻을 말하는 것이다. 그러므로 그 도가 한 세상을 바로잡아 구제하기에 부족하고 그 뜻이 허황하여 정립된 바가 없다면, 비록 그 문장이 요란스럽고 분방하거나 그 시가 곱고 아름답더라도 그저 빈 수레를 몰아 요란한 소리를 내고 광대가 풍월을 노래하는 것과 다를 바가 없다. 어찌 전할 것이 있겠는가?

한가로운 여름날을 즐기고 있는데 사촌 아우가 시 한 권을 부쳐 보냈다. 강릉 최 군의 작품인데 읽고 평을 해 달라는 것이었다.

지금껏 남의 시집 읽은 것이 백 권 가까이 되지만 여전히 곤란하다. 헐뜯자니 사람들이 싫어할 테고 칭찬을 하자니 내가 싫다. 자연스레 이마에 주름이 잡히고 눈썹이 곤두선다. 조심스레 시집을 가져다 힐끗 보았다. 몇 편을 읽고 나자 마음이 달라진다. 눈썹이 펴지고 눈이 크게 떠진다. 나도 모르게 감탄이 나오고 손가락이 꿈틀거린다. 결심했다. 그를 직접 찾아가서 보기로.

최 군은 여러 선비들과 함께 있다고 한다. 가서 보니 모두들 우아하고 빼어났다. 오직 한 사람만이 망가진 갓에 구멍 난 베옷을 입은 거칠고 허술한 차림이었다. 물어보니, 과연 최 군이었다.

— 어쩌면 최 군은 정약용의 마음속에 있는 시인의 모습일 것이다.

대개 비방을 꾸미는 사람은 남의 언어와 문자에서 앞뒤다 잘라 내어 말의 맥을 바꾸는 게 보통입니다. 이것은 그들이 늘 쓰는 수법이므로 괴이하게 여길 것도 없습니다. 그러나 친구들 사이에서는 잘못이 있으면 분명히 일러 주고 드러내 놓고 말하여 서로 깨우쳐 줘야 합니다. 이것이 바로 군자의 일이지요. 그렇지 않고 몰래 헐뜯고 교묘히 일러바치며 기회를 타서 해치고 들어 사이를 멀어지게 한다면 이것은 소인의 일입니다.

— 잘못된 행동을 보면 비판하는 것, 그것이 친구의 할 일이다.

취한 자와 화가 난 자에게 용서를

지난번 이야기하신 윤기환이란 자의 행위에 대해 자세히 듣고 그 실정을 알아보았습니다. 놀랄 일이기는 하지만 한편으로는 불쌍합니다. 대략 들으니 기환이 그날 크게 취한 상태에서 모욕을 받자 분이 나서 갈수록 격렬해졌고 드디어는 천지도 두려워하지 않고 주먹을 휘두르며 크게 소리를 질러 흉한 말을 퍼부었던 것입니다.

저는 취한 자와 화가 난 자의 모습을 잘 알고 있습니다. 대개 취한 자와 화가 난 자가 술에 취해 분노한 기운이 불길처럼 치솟을 적에는 누가 건드리기만 해도 난동과 파괴를 일삼아 전혀 분수를 지키지 못합니다. 제 몸을 주체하지 못하여 마음은 혼미하고 몸은 멋대로 행동하여 다른 사람들의 말에 대하여 그 옳고 그름을 미처 생각해 보지도 않고 오직 반대, 또 반대만을 일삼습니다. 남이 희다 하면 자기는 검다하고 남이 동쪽이라 하면 자기는 서쪽이라 하는 등 오직 남의 기세 꺾는 일에만 힘쓰는 것이 마치 두 마리의 나비가 더 높이 날기를 다투다가 바람에 날리어 허공에 이르는 것과 같지요. 이것이 바로 취한 자와 화가 난 자의 상태입니다.

— 강이원에게 쓴 편지다. 정적들에게는 매서운 정약용이었지만 취기에 실수를 저지른 윤기환에게는 따뜻한 마음을 내보인다.

　수령이 된 자가 크게 경계해야 할 일들이 있는데 그중 하나가 바로 관아를 수리하는 것이다. 상관인 관찰사는 재물을 남겨서 착복했겠지, 하고 생각한다. 백성들은 노역에 동원되는 것을 괴로워하며 농기를 여러 번 놓쳤다고 말한다. 후임자는 방문이나 창문이 잘되었으면 재주 좋군, 하고 놀릴 것이고, 잘못되었으면 엉성하다고 비웃을 것이다. 재주 있다 놀림 받는 것은 수치스럽고, 엉성하다 비웃음 받는 것은 피곤한 일이다.

　사정이 이렇다 보니 벼슬살이에 노련한 이는 건물이 부서지고 무너져 땅에 쓰러져 썩는다 해도 기왓장 하나, 서까래 하나 바꾸거나 고치지 않는다. 관직에 있는 내 가까운 벗이 마음으로 전한 이야기인데 진실한 깨달음이 그 안에 있으니 결코 가볍게 볼 말이 아니다. 하지만 수백 년을 전해도 망가지지 않고 온 백성에게 베풀어도 문제가 없어야 진정한 도라고 할 수 있을 터.

내가 곡산에 온 뒤로 몇 달 동안 백여 명에 이르는 이들이 관아를 고치자는 의견을 냈다. 나는 벼슬살이의 도를 지키겠다는 마음으로 고개를 흔들어 거절했다. 그러던 어느 날 큰 바람이 대지를 뒤흔들자 머리 위로 흙이 툭툭 떨어졌다. 살펴보니 벽과 기둥의 사이가 벌어져 있었다. 또 얼마 후 무너지는 소리가 요란하게 나더니 뒤이어 고통스럽게 부르짖는 사람 소리가 들렸다. 군졸 한 명이 시렁에 걸터앉았다가 그것이 무너지는 바람에 다리를 다쳤다는 것이다. 나는 조용히 고민했다. 아직도 내 벼슬살이의 도를 지켜야 할까?

그럴 수는 없는 일. 그건 오직 내 한 몸을 위할 것일 뿐 다른 이들에겐 아무 혜택도 베풀지 못한다. 나는 아전과 군졸들을 불러 관아를 고치겠다고 마음먹었음을 알리고, 할 일을 알려 주었다.

— 이름과 실용에서 고민하던 정약용은 결국 실용을 택했다.

내가 연회에 도착하자 황해도 관찰사가 술을 권하며 말
했다.

"이곳 부용당은 선화당(관찰사가 사무를 보던 곳)과는 다
르니, 오늘은 마음 놓고 즐기시게나."

"참으로 좋은 말입니다. 하지만, 관찰사께서 수령의 잘
잘못을 살피기엔 이 부용당이 선화당보다 낫다고 생각합
니다. 공은 그 까닭을 아십니까?"

관찰사가 무슨 말이냐고 묻기에 이렇게 답했다.

"선화당에 오는 수령의 모습은 어떻습니까? 걸음은 단
정하고, 얼굴빛은 엄숙하고, 말을 삼가며, 예의에 맞게 공
손히 행동을 하니 한 사람도 훌륭한 관리가 아닌 사람이
없습니다. 부용당에서는 어떨까요? 연꽃 향기는 코를 찌
르고, 버들 빛이 눈에 비치며, 죽순과 고기가 상에 그득하
고, 화장한 기녀들이 있으며, 좋은 술과 안주가 있는 이곳
에서 그들은 환한 얼굴에 거침없이 말을 내뱉지요. 떠들고

120

웃으면서 멋대로 행동하는 사람을 살피면 그 잡스러움이 드러납니다. 그이는 분명 유능하기는 하나 가볍게 법을 어기는 일이 있을 것입니다. 자기 몸을 낮추고 아첨하며 상관을 높여 아부하는 사람을 살피면 그 비루함을 알 수 있는데 필시 그이는 눈앞에서는 아첨을 하고 뒤로는 백성들을 속일 것입니다. 기생과 눈을 맞추며 이성에 약한 모습을 보이는 사람을 살피면 그 나약함을 알 수 있으니, 그이는 분명 직무에는 게으르고 요구하고 부탁하는 일은 많을 것입니다. 술고래처럼 들이부어 이미 취했으면서도 술을 사양하지 않는 사람을 살피면 그 혼미함을 알 수 있으니, 그는 반드시 술주정으로 일에 지장을 받고 벌을 남발할 것입니다. 이와 같으니 수령을 살핌에 있어 이곳 부용당이 선화당보다 훨씬 낫지 않습니까?"

백성의 말을 들으려면

곡산 백성 중 이계심이라는 사람이 있었는데 백성들이 겪는 고충을 널리 알리는 데 힘을 썼다. 내가 곡산에 부임하기 전의 일이다. 전임 부사는 포수의 군역을 면제하는 대가로 내는 면포 한 필 값으로 구백 푼을 내라고 했다. 이계심이 백성 천여 명을 이끌고 관청으로 들어가 항의했다. 그를 형벌로 다스리려고 하자 백성들은 벌 떼처럼 이계심을 호위하고는 계단을 밟고 올라갔다. 그들이 외치는 소리가 하늘을 진동시켰다. 아전과 관노들이 막대를 휘두르며 백성들을 내쫓는 와중에 이계심은 달아나 버렸다. 군영에서 수사를 시작했으나 그를 잡지는 못했다.

내가 부임하기 위해 곡산에 도착하니 이계심이 길가에 엎드려 자수를 했다. 이계심은 백성들의 고충을 담은 글을 내게 바쳤다. 그를 체포하자는 의견을 듣고 나는 말했다.

"이미 자수했으니 도망가지는 않을 것이다."

나는 그를 풀어 주며 말했다.

"관리가 잘못을 범하는 건 백성들이 몸을 사리느라 폐단을 제대로 알리지 않기 때문이다. 제대로 된 관리라면 너 같은 사람에게 천금을 주고서라고 그 말을 들으려고 할 것이다."

— 천금을 주고서라도 백성들의 말을 듣겠다는 정약용의 태도를 눈여겨보게 된다.

가을 물의 아름다움을 아는 사람

사물을 좋아하고 싫어하는 것은 모두 내 마음에 달렸다.

풍류를 즐기는 사람에게 이 정자를 준다면 어떻게 될까? 물가의 버드나무와 꽃이 아름다운 철이 되면 기녀와 악사들을 불러 질펀하게 놀 것이다. 그런 사람에게 정자의 이름인 '가을 물'은 아무런 기쁨이 되지 않을 것이다.

이익만 노리는 장사치에게 이 정자를 준다면 어떻게 될까? 절인 물고기 냄새를 향기롭다 여길 테니 어느 겨를에 이 정자에 올라 가을 물을 즐기겠는가?

맑은 선비라야 가을 물의 아름다움을 알 것이다.

세상에서 가장 가련한 일

아름다운 물건은 사람들이 모두 갖고 싶어 하는 법이다.
물건이 아름다울수록 갖고 싶어 하는 사람도 늘어나 얻기
는 점점 더 어려워진다. 비옥한 논과 밭, 높은 집, 길고 멋
진 인끈, 따뜻한 가죽옷, 아름다운 여인, 좋은 말. 평생 얻
으려 애쓰지만 어떤 사람은 얻고 어떤 사람은 못 얻는다.
그것을 얻을 때, 사나운 새와 짐승이 먹이를 움켜잡고서
사방을 둘러보는 것과 같다. 그것을 얻지 못할 때, 궁한 귀
신이 슬프게 울부짖는 것과 같다. 가련한 일이다.

용 그림 그리는 법

요즘 용 그림은 꼭 귀신같아서

방상시 머리에 뱀 꼬리를 붙여도

용 본 사람 드무니 그렇구나 믿고는

구름 속에 들어간 듯 몽롱하게 홀리네

정석치 공은 분발하여 실물처럼 그리려고

비늘 하나 눈 하나에 참모습을 드러내니

꿈틀꿈틀 천장으로 솟구칠까 염려되고

떨쳐 일어나 사람을 칠까 두렵다

이 그림 얻는 건 보물보다 어려워

남의 눈을 피해 밀실에서 보았지

알리지 말란 말 어기고 드러낸 것은

그릇된 세속을 바로잡기 위해서

— 정철조의 용 그림을 보고 쓴 시다. 정약용은 무엇이건 대충 하는 것을 참지 못
했다.

82 믿기 어려운 이야기

서울에서 노닐던 시절 어떤 사람의 집 벽에서 그림 한 점을 보았다. 황금 투구에 무쇠 갑옷을 입은 용맹스러운 장군이 주인공이었다. 팔에는 무쇠로 된 끈 한 가닥을 감고 물 가운데 있는 바위 위에 서서 용을 낚으려 하고 있었다. 용은 입을 크게 벌린 채 하늘을 향하여 머리를 들고 발로는 돌을 버티어 위로 끌려 올라가지 않으려고 했다. 그래서 그 장군과 용이 서로 안간힘을 쓰면서 혈전을 벌이는 그림이었다.

무슨 그림이냐고 묻는 내게 이런 답이 돌아왔다.

"옛날 소정방이 백제를 정벌할 때의 일입니다. 백마강에 이르렀는데 신령스러운 용이 짙은 안개와 기이한 바람을 일으켜서 군사들이 강을 건널 수가 없었습니다. 화가 난 소정방은 백마를 미끼로 삼아 용을 낚아 죽였습니다. 그런 뒤에야 안개가 걷히고 바람이 멎어 강을 건널 수 있었지요. 이것이 바로 그 광경을 그린 그림입니다."

127

나는 그 말을 이상하게 여겼다.

올 가을 나는 금정에 있었다. 부여현감 한원례가 여러 차례 편지를 보내 백제의 고적을 구경하자고 했다. 마침내 9월 보름, 우리는 고란사 아래에 배를 띄우고 이른바 조룡대라는 곳에 올라가 보았다.

우리나라 사람들이 황당한 것을 좋아한다는 사실을 다시 한 번 깨달았다. 조룡대는 백마강 남쪽에 있었다. 소정방이 조룡대에 올랐다면 군사는 이미 강을 건넌 것이니, 어찌 눈을 부릅뜨고 안간힘을 써 가면서 용을 낚을 필요가 있었겠는가? 또한 조룡대는 백제성 북쪽에 있으니 소정방이 이 조룡대를 올라왔다면 성은 이미 함락된 것이다. 배를 탄 군사들이 이미 성 남쪽에 상륙했을 텐데 어찌 물의 근원까지 수십 리를 거슬러 올라와 이 조룡대 아래에 이르렀겠는가?

— 의심이 나는 문제는 끝까지 파고드는 정약용의 모습을 볼 수 있다.

저를 잊으십시오

저의 상소로 선배들이 걱정을 많이 하신다는 말을 들었습니다. 저를 위해 깊이 마음을 써 주시고 안타까워 해 주시는 것이라 여깁니다. 그러나 저 약용 또한 어찌 그 점에 대해 헤아리고 생각하지 않았겠습니까?

나아가고자 하는 뜻은 날로 줄어들고 물러나고픈 계획만이 날로 간절할 뿐입니다. 선배들은 저의 이런 마음은 모르시고 이름난 지위와 아름다운 벼슬자리에 저를 앉히실 마음들만 갖고 의논하셨지요. 제가 올린 상소가 그 일에 방해가 되니 걱정하시는 것일 테고요.

저는 성정이 본시 대범하고 솔직합니다. 또한 우물쭈물 둘러대는 것을 싫어하고 복잡한 일에 얽매이는 것을 견디지 못합니다. 그런 까닭에 속된 기풍을 벗어 버리고 그 우리에서 빠져나와 세상 사람들의 마음을 통쾌하게 한 뒤 몸은 강호로 돌아가 고기 잡고 나무하며 일생을 마칠 작정입니다. 제 뜻이 이와 같으니 다 잊으시고 다시는 마음에 두지 마시기를 바랄 뿐입니다. 그저 죄송하고 또 죄송합니다.

— 정약용을 무척 아꼈던 윤필병에게 쓴 편지다. 정약용의 단호함이 느껴진다.

새로 문과에 급제한 사람의 얼굴에 먹물을 칠하는 놀이
는 그 내력이 오래된 것입니다. 고려 말엽 귀한 벼슬아치
의 자제가 어린 나이에 과거에 뽑히면 붉은 분가루를 얼굴
에 칠하던 데에서 비롯되었지요. 그런데 그것이 오랜 세월
이어져 오자 마침내 놀이로 변하면서 먹물로 대신하게 된
것인데 좋다고 보기는 어려운 습속이지요. 그렇긴 해도 얼
굴에 먹칠을 하고 나아갔다 물러나는 것을 제 마음대로 할
수는 없는 일이기에 약용도 아무렇지 않게 받아들였습니
다. 하늘을 쳐다보며 크게 웃는 일이나 절름발이 걸음으로
게를 줍는 시늉, 수리부엉이의 울음을 흉내 내는 것 또한
시키는 대로 해 보려고 애를 썼지요. 그러나 천성이 졸렬
한 관계로 잔뜩 위축되어 소리가 목구멍에서 나오지 않고
발걸음은 땅에서 떨어지지 않았으니 이를 도대체 어찌하
겠습니까? 진실로 공경하고 삼가는 마음을 가슴속에 지녔
으면서도 난잡하고 우스운 모습을 밖으로 드러내지 못한

것이지요. 약용이 이 점에 있어서 어찌 조금이라도 게을리 하겠다거나 불손한 뜻을 품었겠습니까? 이것이 저의 본심입니다. 그동안은 화가 풀리지 않으셔서 감히 아뢰지 못했는데 이제는 풀리셨기에 이렇게 아뢰는 바입니다.

— 판서 권엄에게 신참례를 거부한 이유를 쓴 편지다. 오랜 관습을 단칼에 거부하는 정약용의 모습에서 순탄치 않은 관료 생활을 예견할 수 있다.

기년아람을 빌려주십시오

비가 개자 사물을 살펴 분별하는 마음이 한결 새로워집니다. 붓과 먹을 잡은 손도 한가하시리라 믿습니다.

이 무관(이덕무)이 지은 『기년아람』을 우리 집 아이가 꼭 빌려다 보고 싶어 합니다. 어찌 아이들만 읽을 책이겠습니까? 늙은이가 읽기에도 합당하니 저를 위해서 빌려주시기 바랍니다, 한 것이오니 나를 위해서 빌려주시기 바랍니다. 시와 글씨는 돌려 드리고 싶지 않습니다만 뒷날 빌려 보는 데 방해가 될까 봐 보내 드립니다. 마음이 무척 서운합니다.

— 훗날 두 아들에게 보낸 편지에서 정약용은 『기년아람』에 대한 평을 밝힌다. '처음에는 나도 『기년아람』을 좋은 책이라 생각했다. 지금 자세히 살펴보니 들은 것처럼 좋지는 못하다. 『기년아람』의 본의가 해박과 많은 문견을 자랑하는 데 있고, 실용적이며 실리적인 것에 기준을 세우지 않았기 때문일 터. 그런 까닭에 저술한 내용이 번잡하여 요체가 적고, 소략한 것 같으면서도 쓸데없는 것이 많다.'

기년아람에 붙인 발문

『기년아람』은 이만운이 쓰고 청장관 이무관(이덕무)이 손을 봐서 완성한 책이다. 연표를 만드는 방법은 사마천에게서 비롯되었으니 이는 참으로 연대 헤아리는 방법(紀年) 중 묘법이다.

옛날 고염무는 『사기』를 즐겨 읽었는데 연표가 실려 있는 모든 권에는 손때가 까맣게 묻었다 한다. 이는 『사기』를 잘 읽기 위한 것이었다. 『사기』를 읽는 데 있어서는 반드시 연대의 선후부터 고찰해야 한다. 그런 후에야 그 제작의 연혁과 계획의 잘잘못이 드러난다. 그 문장만을 좋아하고 그 사적을 고찰하지 않는다면 『사기』는 뭐 하러 읽겠는가?

이 책은 나이 든 사람이라도 늘 보아야 하는데 어째서 '아람(兒覽)'이라고 했을까? 아이 때부터 깨우치도록 한 것이지 가치가 적어서 그런 것은 아니다.

이몽수(이헌길)라는 이가 있었다. 뜻이 뛰어났으나 공명을 이루지 못했고 사람을 살리려 했으나 할 수가 없었다. 그래서 마진(홍역)에 관한 책을 홀로 탐구해 수많은 어린 아이를 살렸는데 나도 그중의 한 사람이다.

이몽수의 도움으로 살아났기에 마음속으로 은혜를 갚고자 했으나 방법이 없었다. 그래서 나는 몽수의 책을 가져다가 그 근원을 찾고 근본을 탐구했다. 마진을 다룬 중국 책 수십 종을 얻어서 이리저리 찾아내어 조례를 자세히 갖추었다. 다만 책의 내용이 모두 산만하게 뒤섞여 있어 조사하고 찾기에 불편하였다. 마진은 병의 속도가 매우 빠르고 열이 높이 오르므로 순식간에 목숨이 위험하게 되니 세월을 두고 치료할 수 있는 병과는 다르다.

이에 잘게 나누고 유형별로 모았다. 눈썹처럼 정연하고 손바닥을 보듯 쉽게 하여 병든 자가 책을 펴면 곧바로 처방을 찾을 수 있게 했다. 다섯 차례 초고를 바꾼 뒤에 책이

비로소 완성되었다. 몽수가 아직까지 살아 있었다면 빙긋
이 웃으며 흡족하게 생각할 것이다.

삶의 여백,
그리고 쓸쓸함

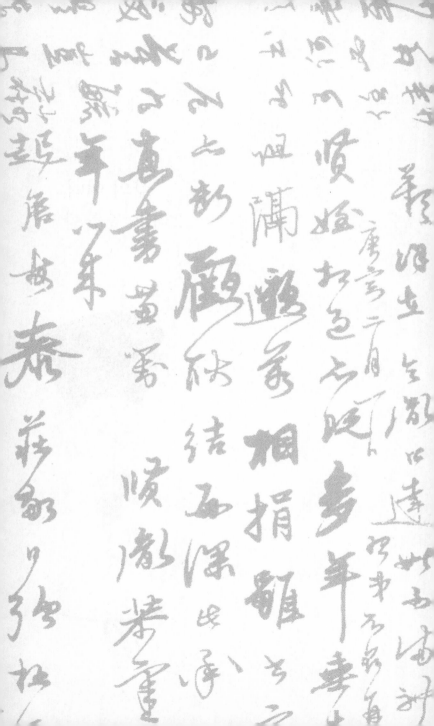

88 밤, 부용당

못가 나무 푸르고 바다 달빛 밝다
노래는 이미 끝나고 사방이 맑다
마름잎 연잎 덮인 깊은 물속
물고기만 뻐끔뻐끔

89 흰 구름

흰 구름 가을바람

하늘에 그늘 한 점 없고

문득 이 몸도 가벼워져서

표연히 날아가리, 세상 밖으로

읽지 않는 책

물가에 선 초가 정자 한 칸
그대 집은 어디기에 돌아가려 하지 않나
서책만 널려 있고 읽을 생각은 없어 보이니
시냇가 위 푸른 산 때문이겠지

산속에서 살아야겠다

시내 위에 뗏목, 그리고 작은 길

동구 밖은 푸르고 구름과 노을 쌓여 있네

맑은 샘 안엔 기이한 돌

봄 지났으나 철쭉꽃

화전 연기에 갈 길은 희미한데

시내 건너 초가집엔 누가 사는가

늘그막 살 곳을 오래 고민하다가

깨달았지 산속이 물가보다 좋은 것을

⁹² 미친 신선 그림

　보내 주신 신선 그림은 직접 그리신 건 아닌 것 같습니다. 혹시 광통교 위에서 사 오신 건 아닙니까? 눈은 욕심으로 활활 타고 있고 얼굴엔 살집이 가득하니 꼭 미친 신선 같습니다.

　우열을 따져 봤자 하등일 겁니다. 앞으로는 반드시 모두가 모인 자리에서 그린 그림만 시합에 나올 수 있도록 기준을 세워야겠습니다!

── 이정운에게 쓴 편지다.

수선화는 유별난 풍미가 있는 꽃이니 불에 익힌 음식을 먹는 이들이 감상할 물건이 아닙니다. 황정견은 그의 시에서 '세파에 초연한 신선'이라 표현했지요. 참 좋은 비유입니다.

— 이기양에게 쓴 편지다.

십 리를 가서 북창에 도착했다. 마을 뒤에는 커다란 산이 우뚝 솟았다. 초목이 울창하게 우거졌고 봉우리 또한 빽빽하게 솟았다. 이름을 물어보니 없다고 한다. 양곡 방출을 마친 뒤 식량을 방출하고 나서 십 리를 더 가서 난뢰교에 이르렀다. 다리 옆에 작은 배 두 척이 길 떠날 차비를 하고 기다리고 있었다.

날은 이미 저물고 있었다. 석벽에 아른거리는 석양이 붉고 푸른빛으로 온갖 모양을 만들어 냈다. 강변의 모래언덕에는 향기로운 풀이 비단처럼 깔렸고, 누런 송아지가 그 위를 뛰며 놀았다. 완연한 강촌의 풍경이었다. 배에 오르니 음악이 시작되었다. 여울은 배를 화살처럼 빠르게 몰아간다. 여울을 지나니 깊은 소가 나타났다. 푸른 절벽과 보라빛 돌이 거꾸로 물에 비쳤고, 바위 한 구석에는 이름 모를 꽃들이 활짝 피었다. 산새들이 날았다. 새끼 꿩들이 주둥이를 벌렸고, 비둘기가 울면서 서로를 불렀다.

봄과 여름이 바뀌는 때였다. 초목의 어린잎이 막 돋아났다. 빛이 짙은 것은 초록색, 옅은 것은 노란색이었다. 소의 물빛은 짙은 흑색, 혹은 맑은 녹색이었다. 물가에는 흰 자갈과 깨끗한 모래가 있었다. 여울과 소가 번갈아 나타나 배는 빠르게, 혹은 느리게 달렸다. 봉우리들이 사라졌다 나타났다 하는 모습이 또한 기묘했다. 한창 배가 빠르게 달릴 때는 병풍처럼 늘어서 있던 봉우리들이 순식간에 뾰족한 머리와 예리한 뿔로 바뀌어 하늘을 찌르는 듯했다. 다시 한 굽이 지나면 뾰족한 머리와 예리한 뿔은 구름이 녹고 안개가 걷히듯 다시 병풍으로 변한다. 연기에 덮인 나무들이 신기루처럼 나타났다 사라지니 이 또한 기이했다.

— 젊은 정약용은 뛰어난 관찰자이자 빼어난 기록자였다. 1798년에 쓴 글이다.

고개 두 개를 넘고 사십 리를 갔더니 갑자기 산골 물이 분수처럼 콸콸 쏟아져 내리는 모습이 보였다. 양쪽으로 갈라선 절벽은 묶어서 세운 것처럼 우뚝했다. 바닥은 푸른 돌이었고 물은 그 위를 유리처럼 흘렀다.

바위 아래로 떨어지는 물은 폭포를 이루었고, 비스듬히 흐르는 모습을 연출했고, 맑은 소를 만들었다. 굽이굽이마다 즐길 만했고, 굽이굽이마다 놀라웠다. 십 리에 걸쳐 계속되는 경치를 보며 나는 한숨을 쉬었다. 어떤 사람은 명예를 얻어 이름을 높이 떨치고 사는데 또 어떤 사람은 광채를 감추고 숨어 사는 것과 비슷하다는 생각이 들어서였다. 이 귀한 푸른 옥이 금강산이나 단양에 있었다면 사람들이 가만히 있었겠는가? 먹을 것을 싸 들고 와서 구경한 후 친구들에게 과장해서 떠벌렸을 것이다. 그런데 이 푸른 옥은 외로이 홀로 높은 산과 깊은 골짜기에 있으므로, 세상에서 산수에 식견이 있다 자부하는 이들도 알지 못하는 것이다.

— 1799년 두 아들과 옥동을 유람하며 남긴 기록이다. 관료 생활에 환멸을 느끼기 시작하는 정약용의 모습이 잘 나타나 있다.

고향집에서

아지랑이 낀 물가의 집

늦은 백일홍

전원의 풍경은 여전

오래된 꽃과 나무에 마음이 즐겁다

처마 밑의 제비 새끼 품었고

숲 속의 꾀꼬리는 즐거운 노래

제철 만난 사물들의 아름다움

지팡이 의지하여 서글피 탄식한다

87 호랑이를 추격하다

깊은 밤 울타리에 호랑이 한 마리

울음소리 고요한 산을 울린다

소년은 홀로 사립문을 밀고 나가

시내까지 추격해 개 빼앗아 돌아온다

98 샘물의 마음

샘물의 마음은 늘 바깥에

돌 이빨 앞길 막아도

천 겹 험한 길 헤치고

깊은 골짝 벗어나 달려간다

고향의 꽃나무 아래

어릴 적 책을 지고 고향을 떠나

서울에서 교유한 지 어느새 이십 년

친구들 몇몇은 초야에 머물고

천 권의 책만 책상을 지킨다

물안개 자욱한 그곳 언제나 찾아가서

우거진 꽃나무 아래 종일 누워 있어 볼까

시골집들마다 즐거운 소리

하루는 비 이틀은 맑음

강 언덕의 늦작물은 모두가 목화

숲 동산 새 손님은 꾀꼬리

좋은 고장 가려서 살던 선배들, 그립다

좋은 시절에도 숨어 사는 농부, 부럽다

서울만 벗어나면 다 즐거운 곳

벼슬에 연연할 이유가 없지

괴로운 바람

속세를 떠났더니

강바람이 다시 위세를 부리네

산에는 나뭇잎 어지럽게 날리고

들에는 붉은 꽃잎 발길에 차이고

농부들은 하늘 뜻 의심하고

어부와 나무꾼들은 햇빛을 그리워하고

조정에 나라 다스리는 재상 있으니

사립문 닫고서 기다려 본다

경치를 보며 사람을 생각하다

가랑비 내리던 날 석류꽃 아래에서 한나절 모시고 배운 일은 지금 다시 생각해도 가슴이 뿌듯합니다. 생각해 보면 부족한 저는 턱없이 돌보아 주심을 많이 받았습니다. 저를 위하여 경연 자리에서 주청하시는 힘든 일을 여러 번 감당하셨으니 생각할 때마다 감탄하게 됩니다.

이곳에 온 뒤로는 자주 모시고 좋은 말씀 들을 길이 없으니 한탄스러운 마음 더욱 간절합니다. 하직하고 떠나올 때에 곡산의 산수를 전에 구경한 적이 있었다는 말씀을 하셨지요. 그래서 몇 개월 전에 일이 한가해진 틈을 타 강산을 소요하며 경치를 구경했습니다. 과연 그 빼어나고 그윽한 풍치가 단양에 전혀 떨어지지 않는다는 것을 알았습니다. 당신께서 지나가셨던 자취를 생각하니 감회가 더욱 깊어졌고요.

— 보는 것은 풍경이나 마음엔 사람만 있다.

신선과 초상집 개

  남고(윤지범)가 안 오셨을 때는 신선처럼 까마득해 영영
잡을 수 없을 것 같더니, 막상 오시면 모습은 보통 사람에
지나지 않으며 의논도 현실에 맞지 않아 전혀 기이한 바가
없지요. 하지만 남고가 가시고 나면 신선이 훌쩍 떠난 것
같아 저는 짝 잃은 학처럼 외로워지고 초상집 개처럼 초라
해집니다. 뜻은 쓸쓸해지고 기운은 나른해집니다. 아, 당
신도 왜 그런지는 도대체 모르실 겁니다.

— 윤지범에게 쓴 편지다. 정약용은 열 살 위인 윤지범과 가깝게 지냈다. 윤지범은
윤선도의 후손이다.

시를 올리다

오늘은 시를 지어 진택(신광하)의 영혼에 제사나 지내렵
니다. 생각해 보면 진택은 평소에 시를 창포김치보다 더
좋아했지요. 이제 시로 제사 지내면 그가 흠향하고 좋아함
이 안주와 반찬 따위와는 비교도 안 될 것입니다. 어떻겠
습니까?

그러나 저의 시는 시장에서 사 온 술이나 포 정도의 수
준이니 당신의 시와 함께 올려야겠지요. 그 향기로운 냄새
에 저의 미흡함은 구제를 받겠지요.

— 윤지범에게 쓴 편지다.

세상은 편안한 곳이 아니다

처음에 윤이서(윤지범)가 나그네로 떠돌아다닐 때는 혼자 기식했으며 기식하는 장소도 한 곳에 지나지 않았다. 그런데 지금은 온 집안을 이끌고 온 결과, 자신과 늙은 어머니, 아내와 자식들이 머무는 곳을 바꿔 가며 기식하게 되었으니 이 어찌 심한 일이 아니겠는가?

그러나 이서 스스로 기식을 자신의 운명으로 생각하는 것이 어찌 이것 때문이겠는가? 예를 들어 이서에게 나라 중앙에 있는 우뚝하고 널찍한 집을 주어 머물게 한다면 과연 그는 기식을 자신의 운명으로 여기지 않을 것인가? 그렇지는 않겠지. 왜냐하면 천하 사람들 중 기식하지 않는 사람이 하나도 없으니까. 어리석은 사람들은 자기 거처를 편안히 여기고 사는 게 만족스럽다고 느낀다. 그러나 그건 도화원 사람들이 태어나 자라서 결혼해서 편히 살면서 그들의 선조가 사실은 진나라를 피해서 왔다는 사실을 모르는 것과 같다. 오직 사리에 밝은 사람만 이 세상은 편안히

158

여길 곳이 아니라는 것과 우리의 인생엔 끝이 있다는 사실을 안다.

— 윤지범은 신주를 불에 태운 윤지충의 일가친척이기도 했다. 그의 삶이 유독 험난했던 이유다.

편지 받고 비로소 월계에서 돌아오신 것을 알았습니다.
약용은 막 돌아갈 배를 얻어 놓고 내일은 초천을 향해서
거슬러 올라가려 합니다. 영감과 함께 우거진 녹음 아래와
안개 낀 강가에서 만나지 못함이 한스럽습니다. 영감의 시
와 글씨를 사랑하여 차마 손에서 놓지 못하고 있습니다.
넉넉히 10여 일의 기한을 주셔서 실컷 즐길 수 있게 해 주
시기 바랍니다.

― 박제가에게 쓴 편지다. 정약용은 둘째 형 정약전에게 쓴 글에서 박제가식 개고
기 조리법을 소개하고 있기도 하다.

정사년(1797) 여름, 나는 명례방에 살았다. 석류가 첫 꽃을 피우고 보슬비가 막 개인 모습을 보곤 초천에서 물고기를 잡기에 좋은 때라고 생각했다. 법이 문제였다. 벼슬하는 사람은 임금님의 허락 없이는 성문을 나설 수 없었다. 휴가를 못 얻은 나는 그대로 성문을 나서 초천으로 갔다.

다음 날 강에 그물을 쳐서 물고기를 잡았다. 크고 작은 물고기가 50여 마리나 되었다. 조그만 배가 무게를 감당하지 못해 물 위에 뜬 부분이 겨우 몇 치밖에는 되지 않았다. 배를 정박시키곤 배불리 먹었다.

— 늘 모범생 같은 정약용의 드문 일탈 기록이다. 그 당시의 어지러웠던 정세가 마음을 적지 않게 흔들었기 때문일 것이다.

곡산에 부사로 부임한 이듬해에 나는 연못을 파고 정자를 세웠다. 달 밝은 밤에 조용히 앉아 전에 퉁소 소리 듣던 일을 생각하면서 홀로 탄식하고 있는데, 어떤 이가 앞으로 나와서 말했다.

"읍내에 장생이라는 자가 퉁소를 잘 불고 거문고를 잘 탑니다. 다만 관청을 싫어하니 사람을 보내 그를 붙들어 오게 하면 만나 볼 수 있을 것입니다."

"그러지 않는 게 좋겠다. 그 사람을 억지로 붙들어 데려올 수는 있겠지만, 어찌 강제로 퉁소를 불게 할 수 있겠는가? 가서 나의 뜻만 전해라. 오려고 하지 않거든 강제로 데려오지는 말고."

얼마 후 심부름 갔던 자가 돌아와 장생이 문 앞에 와 있다고 말했다. 장생이 들어왔다. 망건은 벗어 버렸고, 맨발에다 옷에는 띠도 두르지 않았다. 심하게 취했지만 눈빛은 맑았다. 손에는 퉁소를 들었으나 불지는 않고 계속 소주만

찾았다. 그와 더불어 서너 잔 마시니 더욱 취해 인사불성
이 되었으므로 좌우에 있던 사람들이 그를 부축하여 데리
고 가서 밖에다 재웠다.

다음 날 다시 그를 연못의 정자로 오게 한 후 술을 딱 한
잔만 주었다. 천용이 자세를 가다듬고 말했다.

"퉁소는 저의 장기가 아닙니다. 저는 그림을 잘 그립니
다."

그림 그릴 비단을 그에게 주었다. 산수, 신선, 달마, 괴
조, 늙은 등나무와 고목 등을 수십 폭 그렸다. 수묵 쓰는 솜
씨가 뛰어나고 자연스러웠다. 그림들은 예스러우면서도
기이해서 사람의 상상을 초월했으며, 묘사는 특히 섬세하
고 정교했다. 그림을 다 그린 후에는 술을 찾았고, 결국 또
다시 크게 취해 부축을 받고 갔다. 이튿날 다시 그를 불렀
다. 천용은 거문고를 메고 퉁소를 차고 금강산에 들어갔다
는 소식만 왔다.

— 장천용은 끝내 퉁소를 불지 않았다. 왜 그랬을까?

163

오서산의 호랑이

내가 부여에서 돌아온 지 며칠 뒤에 진사 신종수가 들러 오서산의 절경을 늘어놓았다.

"지금 단풍잎이 한창 고운데, 하루나 이틀 뒤면 다 지게 될 것이다."

나는 마침 밥을 먹고 있다가 말에 안장을 얹도록 재촉하고 밥상을 물린 다음에 그와 함께 출발했다. 오서산 아래에서 우리는 말에서 내려 지팡이를 짚고 높고 험한 산길을 걸었다. 우거진 수풀을 헤치고 산 중턱에 도착했다. 작은 절이 하나 있었다. 승려는 한 명뿐이었다. 이유를 물었다.

"작년에 호랑이가 나타나 중을 해치자, 모두 떠나가 버렸습니다."

그에게 물었다.

"당신은 호랑이가 무섭지 않소?"

"전에 호랑이가 새끼 세 마리를 데리고 온 적이 있었는데, 그 어미가 새끼들에게 나무를 휘어잡게 하면서 희롱하고 있기에 내가 그 새끼를 칭찬해 주었더니 호랑이는 기뻐하며 가 버렸습니다. 그래서 무섭지 않습니다."

해가 졌기에 걸음을 멈추었다. 다음 날 일찍 정상에 오르려 하는데, 신 진사는 호랑이가 무섭다고 사양했다. 중이 말했다.

"나와 함께 가시면 아무 해가 없을 것입니다."

그와 함께 정상에 올랐다. 눈으로 볼 수 있는 곳은 어디든지 막힌 것이 없었다. 절에 돌아와서 조금 쉬었다가 하산하려는데 중이 나섰다.

"나와 함께 가셔야 합니다. 어제는 우연히 호랑이를 만나지 않으신 것입니다."

산마루에 이르자 소나무가 빽빽한 곳에서 동물 한 마리가 소리를 냈다. 중은 껄껄 웃더니 소리를 낮추어 말했다.

"너는 가거라. 나도 바로 따라가겠다."

신 진사는 호랑이 꼬리를 보았다고 한다. 나는 못 보았다.

돌아와 생각했다. 우리는 비범한 이를 만났던 것이다.

— 묘한 글이다.

165

세상의
참모습

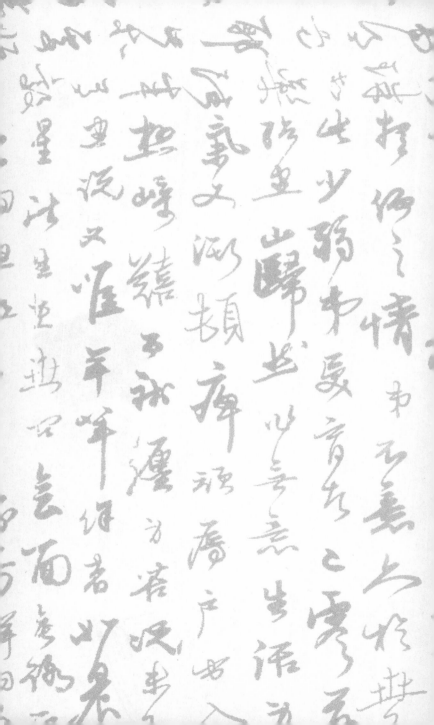

시냇가 헌 집 뚝배기처럼 생겼는데

북풍에 이엉 걷혀 서까래만 앙상

묵은 재에 눈 덮이니 부엌은 차갑고

쳇눈처럼 뚫린 벽에 별빛이 비쳐 든다

집 안 물건 쓸쓸하기 짝이 없어

다 팔아도 칠팔 푼이 안 되겠군

개꼬리 같은 조 이삭 세 줄기

닭 창자 같은 마른 고추 한 꿰미

깨진 항아리 헝겊으로 때웠고

무너진 선반 새끼줄로 얽었네

놋수저는 말단 관리에게 빼앗기고

무쇠솥은 엊그제 옆집 부자가 가져갔네

닳아 해진 무명이불 오직 한 채뿐

부부유별은 지킬 수도 없다

아이들 해진 옷 어깨 팔뚝 다 나왔고

바지 버선은 걸쳐도 못 보았지

다섯 살 큰아이 기병으로 등록되고

세 살배기는 군적에 올라 있어

두 아들 군포로 오백 푼을 물고 나니

죽기만 바라는 판에 옷이 다 무엇이냐

강아지 세 마리 아이들과 함께 자는데

호랑이는 밤마다 울 밖에서 으르렁

남편은 나무하러 산에 아내는 방아품 팔러 이웃에

대낮에도 닫힌 사립 참담하다

아침 점심 거르고 밤에 와서 밥을 짓고

여름에는 맨몸 겨울에는 삼베 적삼

냉이 캐려 해도 땅은 아직 얼음

이웃집 술 익어야만 찌끼라도 얻어먹지

지난봄에 꾸어 먹은 쌀이 다섯 말

올해도 살 길은 막막

나졸 들이닥칠까 겁날 뿐

관가 곤장은 걱정도 아니네

이런 집들이 온 천하에 가득한데

구중궁궐 깊고 머니 어찌 다 살필까

— 1794년 암행어사 시절 백성들의 생활을 직접 보고 쓴 시다.

차라리 풀이나 나무였으면

물과 흙이 사지를 지탱하겠지

힘껏 일해 땅의 털 먹고 사니

콩과 조, 바로 그것들이지만

콩과 조 진귀하기 주옥 같으니

몸은 무슨 수로 힘을 얻을까

야윈 목은 늘어져 따오기 모양

병든 살결 주름져 아예 닭살

우물 있어도 새벽 물 긷지 않고

땔감 두고도 저녁밥 짓지 않아

사지는 그런대로 움직여도

걸음걸이는 제대로 못하는 형편

넓은 들판엔 매서운 바람

슬픈 기러기는 저물녘 어디로 가나

고을 원님 어진 정사 행한다며

사재 털어 구제한다는 말에
엉금엉금 관아 문 걸어 들어가
입만 들고 죽 가마 앞으로 간다
개돼지도 마다할 음식
사람 입에 엿보다 달다
어진 정사 원하지 않는다
사재 털어 구제? 다 헛소리
관가의 재물 남이 볼까 숨기니
우리가 굶주리는 건 당연
관가의 마구간 저 살진 말은
우리들의 피와 살이지
슬피 울며 관아 문 나선다
앞이 캄캄, 어디로 가야 하나

중복 지난 뒤 낮은 지대 물이 넘치고

산비탈 천수답도 무릎까지 물이 차

쟁기질도 할 수 없고 모내기도 못 하니

이미 그른 병세에 인삼 녹용 무슨 소용

감사 공문 날아들자 고을마다 들썩들썩

농사일 서두르길 마치 법 집행하듯

고을 원님 말을 타고 친히 들로 나와

집집마다 두드리며 나오라고 호령하니

젊은이 담 넘어 숨고 노인 나와 하는 말

모내기 때는 이미 놓쳤소

이제 와서 모심는 건 헛짓거리

가을에 낫질 구경할 사람 아무도 없소

목화밭 기장밭에 잡초만 가득

여덟 식구 호미질 하루해가 모자라오

사람 사서 일하려면 새참도 줘야 하는데

한 말 쌀이 도대체 어디서 나온단 말이오

고을 원님 말을 세워 채찍을 들고

게으른 놈 네 감히 편안을 바라느냐

자식 며느리 불러서 논에 가라 재촉

다섯 걸음 열 걸음마다 모를 심게 하네

고을 원님 말을 돌려 관아로 들어가니

논두렁에 발을 뻗고 서로 쓴웃음

농가에서 가장 바라는 건

모를 심어 자라면 그 열매 따먹는 것

솔개처럼 빠르게 때맞춰 일해 왔는데

그 어찌 위엄으로 협박할 것 있겠는가

고맙습니다 원님, 행여 우리 굶을까 봐

친히 행차해서 우리들 어리석음 깨우쳐 주시니

완전한 복은 없다

옛사람 말하길

돈 있으면 죽지 않는다네

돈 때문에 살아날 수 있다면

돈 때문에 죽는 일 어찌 없으랴

나쁜 놈들이 재산에 침을 흘리자

거부의 꼴 어찌 됐던가

내가 보니 부잣집 할아버지들

대부분 자식이 없어

밥 있어도 함께 먹을 사람 없는 게 걱정

입 있어도 봉양해 줄 손자가 없네

천하에 완전한 복은 없지

어리석은 사람들이 모르는 이치

가난한 집의 인재

하늘이 어진 인재 내려 보낼 때

귀족 집만 고를 이유는 없는데

어째서 가난한 서민 중에는

뛰어난 인재 있음 보지 못하나

아이 낳아 두세 살 시절에는

얼굴이 그야말로 수려하지만

아이 자라 글 배우기 원하니 아버지 말하길

콩이나 심어라

글을 배워서 어디에 쓰겠니

너에게 줄 벼슬은 없다

그 아이 이 말에 기가 꺾여서

그저 한심하게 머리 굴리기를

이자나 불려서 먹고 사는

중간 부자나 되어야겠다

나라에 인재는 사라지고

부귀한 집만 갈수록 잘나가네

미련한 아들을 원한다

덕이 있어도 재주를 지녔으면

덕보다 재주가 앞선다고들 말할 뿐

차라리 재주와 덕 둘 다 없다면

이런 말은 듣지 않겠지

재주는 비방의 근원

사람 몸의 해충

없는 게 최고의 복

있더라도 숨기는 게 요령

숨길 때는 장물처럼 깊이 숨겨야지

드러나면 당장에 도둑놈이 되네

그 옛날 소동파

자식 미련하길 바랐던 이유라네

아득한 우주

우리가 사는 곳

높다란 저 집

어진 사람들 모이는 곳

그대를 따르려 해도

그 문을 못 찾겠다

집 나가 떠돌며

천지 사방 누볐으나

사나운 짐승들 입 벌리고

모진 가시나무 곳곳에 있네

무서운 마음에 들판 다 살펴도

허허벌판, 마을 하나 없다

수레 돌려 되돌아와

오막살이 내 집에서 쉰다

책과 책상

주위가 다 포근하다

자고 깨고 사노라면

세월도 따라가겠지

남다른 뼈대를 타고난 명마

갈기 휘날리며 날쌔게 달리고 싶다

사방으로 달리고픈 뜻만 간직하고

험준하고 궁벽한 땅에 갇혔다

바위 많아 괴로운 산길

우거진 숲과 돌무더기

자기 그림자 보곤 슬피 울며

호탕하게 불던 바람만 그린다

나라 안에 이름난 폭포는 수십 군데

발연과 박연이 그중 유명하지

확연폭포가 있다고?

시골 사람 말 도무지 믿을 수 없었네

지팡이 짚고 울창한 숲으로 들어갔더니

대낮에 들리는 바람과 우레 소리

위아래 두 폭포 나란히 흐른다

두 머리 다투듯 쏟아진다

용 두 마리 갈기 세우고 미쳐 날뛰는 듯

사자 두 마리 공 가지고 노는 듯

시꺼먼 웅덩이 깊이는 천 길 만 길

내려다보니 소름 끼치고 넋이 나간다

기이한 쪽으로는 다툴 폭포 없지만

오랜 세월 이름조차 못 얻었지

이제 알겠네, 숲 속에 숨어 사는 훌륭한 인재

긴 갓끈 날리는 자들이 다가 아님을 이제 알겠네

미친 듯 취하자

긴긴 날, 한 동이 술

마주 앉은 두 미치광이

마시면 미치고 미치면 더욱 마셔

재물 많은 부자가 더 많은 재물 탐하듯

묻는다 그대는 왜 미치는가

높고 넓은 저 하늘을 보라

서쪽으로 해 지면

동쪽에서 달이 떠

지고 뜨기를 반복하지만

영웅호걸 한번 가면 돌아오지 않아

경도선 사만 오천 리

위도선 사만 오천 리

이 속에서 한바탕 놀이판 벌여

뭇 사람들 어지러이 노는데

크게 드러나서 신명나게 놀다가도

갑자기 자취를 감춰 적막하게 사라지네

한번 가면 다시는 안 오니

곱고 예쁜 처자식 영영 잃어버리니

적막하게 사라지면 무슨 소용 있겠는가

백 말 술 소용없고

수십 마리 말 탈 수가 없고

천금 만져볼 수도 없다

농부가 소 끌고 와 무덤을 헤쳐도

벼락 같은 소리 질러 꾸짖지도 못하네

갑자기 성인이 되지 않는 한

그 본성 잃을 수밖에

본성을 잃었다면 너 또한 미친 거고

네가 만약 미쳤다면 진정 나의 벗

그러니 우리 함께 십만 잔을 마셔 보지 않겠는가

— 울화통이 터진다는 표현은 이런 시를 읽은 후 쓰는 말이다. 미치지 않고는 살아갈 수 없는 나날들을 실감나게 표현하고 있다.

茶山

09

어둠과
슬픔

한 사람이 중상모략을 하면

여러 입들이 바쁘게 실어 날라

치우친 말들이 날뛰는 세상

정직한 자는 어디에 발을 붙일까?

봉황은 원래 깃털이 약해

가시를 이겨 낼 재간이 없다

불어오는 한 줄기 바람에 올라타

서울을 멀리멀리 떠나고 싶다

— 정약용에게서 결코 없앨 수 없는 것 하나, 세상에 대한 비판적인 시각이다.

첫 번째 파직

이 한 몸 거칠 것 없으나

아직 도에는 이르지 못했지

벼슬길 서투른 건 내 본래 성격

시 짓는 소질 있어 덕을 보았지

성하고 쇠퇴하는 건 쥐새끼의 짓

걱정하고 기뻐하는 건 원숭이의 마음

온 산에 가을빛 물들었고

고향 가는 길은 절로 트였다

─ 정약용의 관료 생활은 당파, 성격, 천주교 등 여러 가지 이유로 순탄하지만은
않았다. 첫 번째 파직을 당했을 때 쓴 시다.

화려한 비단옷 차림으로

말 타고 종로 길을 달리다가

말을 내려 대궐문 들어가서는

공손히 궁중의 임금 모시면

그 마음 참 통쾌하겠으나

후환이 생길까 무섭다

그럴 바엔 잠시 물러나

어리석음이나 지키는 게 낫겠다

¹²³ 책을 팔아먹다

상아 책갈피 손질하고 먼지 털어 내는데

어린 딸 조용히 책상머리 앉아 있네

먹고 입는 일이 중요하다는 것 차츰 알겠고

문장이란 좋을 게 전혀 없다는 것 깊이 느끼네

늙어 총명 줄어드니 책 읽어 뭐 하겠나

어리석고 무딘 자식 편히 자라게 도와야지

단칼로 끊으려다 미련 남아서

헤어지기 전 매만지며 잠깐 마음을 준다

― 책을 떠나보내는 일은 언제나 쉽지가 않다. 옛사람들이 책을 판 이유는 단 하나, 가난 때문이었다.

124 막상 가난하고 보니

안빈낙도 마음먹었지만
가난을 만나니 잘 안 된다
아내 한숨에 기가 꺾이고
굶주리는 자식에 교육은 뒷전
꽃과 나무는 생기를 잃고
읽고 쓰는 일도 시들
부잣집 담 아래 곡식
그저 보기에나 좋을 뿐

— 김수영의 '공자의 생활난'이 슬며시 떠오른다.

반딧불

홀로 높이 솟은 오동나무 위로

이리저리 나는 몇 마리 반딧불

밝은 해는 사방을 고루 비추지만

하찮은 생물 또한 빛을 낸다

깜박깜박 사람들 놀라게 하면서도

당당하게 제 모습 숨기지 않지

어찌 알겠나, 산림에 사는 선비

이 불빛에 경전 비춰 읽을지

우습다, 머리도 희기 전에

험난한 산길 오르는 수레의 신세

천 권 책 읽어 대궐에 들어갔고

집 한 칸을 사들여 푸른 산에 남겼지

외로이 홀로 바닷가로 왔는데

이름 따라 생긴 비방 온 세상을 채웠네

비가 내려 누각 위에 베개 높이고 누웠으니

역부들처럼 종일토록 한가롭네

— 금정 찰방 시절 쓴 시다.

청양의 버드나무 길 먼지 씻어 주고

기러기 떼 줄을 지어 바닷가에 모이네

흰 시내 구름 새벽 햇살을 받고

산골의 여린 잎은 새 봄을 알린다

산 구경할 계획은 허사가 되고

서울 떠나 방황하는 신세

아내는 깨를 털고 남편은 벼 거두니

세상의 호걸은 바로 농민들

— 마지막 행은 꼭 앞으로의 다짐처럼 들린다.

뽑혀도 괴롭다

게으른 천성 따라 숨고 싶었는데

기대와 달리 뽑혀 버렸지

거미줄 갈수록 치밀해지니

재갈 물린 말 신세 면할 길 없다

벗들은 멀어져 가고

세상길은 위태롭다

날벌레와 어울려 천성 따라야지

억지로 애를 써도 소용은 없지

— 1792년 정약용은 부친상으로 삼년상을 마친 후 성균관 직강으로 정계에 복귀
했다. 반대파의 목소리가 이즈음에도 이미 높았음을 알 수 있다.

찰방은 7품직이다. 을묘년(1795) 가을에 나는 승지로 있다가 금정 찰방으로 좌천되었다. 조정의 많은 관리들이 글을 보내 위로의 뜻을 표했다. 그러나 찰방직에도 세 가지 즐거움이 있기는 하다. 밖으로 나갈 때면 빠른 말을 탈 수 있고, 관내의 산수를 유람할 때면 가는 곳마다 식량이 준비되어 있고, 쌀과 소금을 처리하거나 송사와 장부를 기록하는 등 지방 수령이 해야만 하는 잡무가 거의 없다.

고을 선비들 중에는 와서 살펴본 후 내 처지를 축하하는 이들도 있다. 나는 그렇지 않다고 대답한다. 조정 관리들이 나를 위로하는 것이나 고을 선비들이 나를 축하하는 것은 모두 내 뜻과는 다르다.

대개 벼슬이라는 것은 갑자기 올라가면 쉽게 넘어지게 되고, 총애가 융성하다 싶으면 쇠하게 된다. 내가 3품에서 7품으로 옮겨진 것은 다행이니 슬퍼할 것이 없다. 찰방은 백성의 고통을 살피고 병폐를 찾아내는 것이다. 말이 병들어 상태가 좋지 않거나, 역부의 노역이 고르지 않아 원망이 생기거나, 임금의 명을 받고 온 신하가 법을 어기고 제멋대로 행동해 사람과 말을 고달프게 할 때 법례를 들어 그런 짓을 그치게 하지 못하면 찰방 역할을 제대로 수행 못한 것이다. 이것이 곧 찰방직의 괴로움이니 기뻐할 이유가 전혀 없는 것이다.

세 가지 즐거움만 알고 세 가지 고통을 모른다면 장차 귀양살이를 면치 못하게 될 것이니 어찌 7품직이나마 바랄 수 있겠는가? 이로써 스스로를 격려하고 벽에 붙여 뒤에 올 사람에게도 알린다.

― 가장 괴로웠던 이는 정약용이었을 것이다. 담담하게 받아들이려는 마음이 더 아프게 느껴진다.

신선이나 되렵니다

산간에 있는 역은 하도 적막하여 속된 것이 전혀 없으니 보고 듣는 것이 차츰 깨끗해졌습니다. 겨울에 천둥이 친 것을 들어 임금께 경계하라는 상소를 올린 자가 있었는데 우리 두 사람(이가환, 정약용)을 외직에 보내는 것으로 그에 대응했다는 말을 일전에 들었습니다. 생각해 보면 벌레 같이 미천한 인물이 선배나 어른들의 뒤를 따르다가 하늘을 움직일 수 있었다니 스스로 보기에도 외람스럽습니다. 북쪽의 말 좋아하는 사람들이 금정 찰방이 충청도에 도착하면 대낮에 하늘로 올라간다고 했다더군요. 그렇게만 되면 그들이 저를 신선처럼 사모하고 우러러보겠지요. 그 말을 들은 후부터는 이 한 몸이 훨훨 나는 신선이 된 기분입니다.

— 이가환에게 쓴 편지다. 노론이 가장 싫어한 남인이 바로 이가환과 정약용이었다.

약용은 습성이 조급하여 함양에는 도무지 소질이 없으니 주자께서 이르신 태양증에 속합니다. 어떤 일을 차분히 앉아 생각하기가 어려워서 그러고 있으면 가슴이 답답해집니다. 처음에 부딪치는 일이니 어쩔 수 없는 일이지요. 공력을 좀 쌓으면 점차 나아지겠지요.

— 이익운에게 쓴 편지다. 정약용의 답답함이 글에 가득 차 있다. 정조 또한 심환지에게 보낸 편지에서 자신의 성격이 '부딪히면 바로 폭발하는 태양증'이라고 썼다.

요즈음 일어나고 있는 일은 이미 그 대략을 들으셨을 것으로 생각합니다. 눈에 가득히 보이는 많은 창들이 모두 소릉(이가환)에게로 모여들어 끝내 세태의 변천을 바로잡고 유행을 훌륭하게 이끌 수 있는 사람을 거꾸러뜨리고 있으니 참으로 통탄스럽고 애석합니다. 다행히 임금님의 교지가 매우 정중하셨지요. 횡거(장재)의 무리 정도로 허락하시며 이 세상에서 횡거 같은 사람을 만나 모범으로 삼게 된다면 이것으로 만족하겠다고까지 하셨으니까요.

다만 우리 당은 이미 쇠퇴하고 흩어져서 십여 년 전의 광경이 사라지고 없습니다. 진실로 위대한 학자가 의연히 사문의 중책을 걸머지고 남의 시비나 자신의 이해를 돌아보지 않고 용감하게 앞으로 나아가 부흥시킬 방법을 다하지 않는다면, 어찌 시들은 무리를 고무시켜 이 위기를 극복하는 공을 세울 수가 있겠습니까?

— 이삼환에게 쓴 편지다. 이삼환은 성호 이익의 후손이다.

3일 동안 맑고 조용한 곳에서 모시고 즐겼다가 돌아오니 그곳 생각이 통 가시지를 않습니다. 번옹 채제공의 비문은 탈고하셨습니까? 중대한 문자에 있어서는 단지 연대만 상고하여 사건을 배열하면 본말을 갖추어 나타내기 어렵습니다. 역사적인 사실을 조리정연하게 나누고 모아야만 비로소 쓸모가 있을 것입니다.

의리와 일에 관계되는 것들, 문장과 덕행에 대한 것들을 섞어서 쓰거나 잡되게 나열하지 않는다면 수월하게 글을 엮을 수 있겠지요. 아마 그분이 바라는 바도 그와 같을 것이겠고요.

— 정범조에게 쓴 편지다. 남인의 영수였던 채제공은 1799년 세상을 떠났다. 남인의 몰락을 예고하는 상징에 가까운 죽음이었다.

나는 패배했다

종 최가야, 너와 서로 작별한 지 십 년

오늘밤 내가 네 집에서 자는구나

너의 집은 넓고 환하고

가재도구에선 빛이 난다

밭에는 채소 논에는 벼

아내는 주막 자식은 뱃일

매질하는 상전 없고 빚진 것도 없이

강호에서 호탕하게 사는구나

벼슬살이를 했다는 내 처지는

나이 사십에 번민만 가득

천 권 책을 읽어도 배만 고프고

고을살이 삼 년 한 치의 땅도 없다

흘겨보는 눈들만 세상에 가득

초췌한 얼굴 붉히며 문 닫고 들어앉았지

아무리 비교하고 다퉈 봐도

일백 번 싸워 봤자 너의 백전백승

— 계속해서 이어진 정치적 시련으로 정약용의 마음은 완전히 지쳤다. 마흔도 안
되어 쓴 시가 꼭 임종 직전 노인의 글 같다.

얼마나 상쾌할까

한 달이 넘은 장마에 온통 퀴퀴한 냄새
맥없이 늘어진 몸으로 보내는 하루
초가을의 푸른 하늘은 넓고도 맑지
하늘 땅 어디에도 구름 한 점 없으면
얼마나 상쾌할까?

날개를 묶인 채 굶고 있는 푸른 매
숲 속에서 날개 쳐도 갈 곳은 없지
매서운 북풍에 처음으로 줄을 풀고
바다 같은 푸른 하늘 마음껏 날아가면
얼마나 상쾌할까?

이웃집 처마 앞마당을 가려
가을바람 오지 않고 그늘만 가득
백금 주고 그 집을 당장에 헐어 버려

먼 산봉우리 내 눈으로 본다면
얼마나 상쾌할까?

세간 모두 팔아 짐을 꾸리고
타향에서 구름처럼 떠돈다
뜻 잃은 옛 친구 우연히 만나
가진 돈 열 냥을 줘 버린다면
얼마나 상쾌할까?

— 정약용은 상쾌한 일이 일어나기를 바라며 스무 편의 시를 썼다. 그만큼 현실이
불쾌했기 때문일 터.

천주교

이벽을 추모하며

신령한 학이 인간 속에 내려왔지

고고한 풍채는 드러나기 마련

흰 날개 털 눈과 같으니

닭과 따오기들이 시기를 했지

울음소리 하늘 끝 울려 퍼졌고

맑고 고와 티끌과 먼지를 벗어났더니

갈바람 타고 홀연 날아가 버려

남은 사람 마음 슬프게 한다

— 정약용에게 천주교를 처음 전한 사람이 바로 이벽이었다. 이벽은 큰형 정약현
의 처남이었다.

남녘에 눈이 거듭 쌓이고 구봉산은 높고도 춥습니다. 홀로 쓸쓸히 옛날 낚시질하며 노닐던 곳을 떠올리며 바라보면서 가는 해의 정을 위로합니다. 몸이 편찮으시다던데 그간에 건강이 회복되셨습니까? 약용은 겨울철로 접어들면서부터 질병에 시달리고 있습니다. 산에 오르고 물가에 나가고 시를 읊고 책을 읽고 할 길이 없으니 처음 먹었던 마음과 어긋나게 되었습니다.

천주교인들을 바른 길로 인도하라고 깨우쳐 주셨지요? 사정을 차근차근 살펴보니 경술년(1790)이나 그 다음 해에 비하면 열에 여덟아홉은 해결된 것으로 보입니다. 그 중 한두 명이 미혹되어 옳게 돌아올 줄 모르고 가끔씩 숨었다가 나타나지만 잡을 길은 없습니다. 관찰사와 더불어 조사하여 붙잡기로 의논하고 가볍게 석방시키지 않도록 주의를 주었을 따름이지요.

― 1795년 금정 찰방으로 좌천되었던 시절 채제공에게 쓴 편지다. 채제공은 천주교와 관련된 과거 행적 때문에 고난을 겪던 정약용에게 천주교도를 색출하는 데 열심을 다하라는 편지를 보낸 것 같다. 행간에서 씁쓸한 마음이 읽힌다.

옛사람 중에는 빗발치듯 쏟아지는 화살과 돌을 헤치고 들어가 적장의 목을 베고 적의 깃발을 빼앗아 천리의 땅을 넓힌 이들도 있었습니다. 그들은 돌아온 후로는 조용히 머무를 뿐 자기를 내세우지도 않았지요. 그럼에도 섭섭하거나 교만한 모습을 보이지 않았으니 이는 자신들이 한 일을 신하로서 해야 할 당연한 직분으로 여겼을 뿐, 딱히 공로라 할 만한 것도 없다고 여겼기 때문입니다.

이존창이라는 자는 살기 위해 도망을 다니는 어리석은 백성에 지나지 않습니다. 설령 그가 비와 바람을 부르며 둔갑술로 몸을 숨기는 사람이어서 오영의 병졸을 다 풀어서도 붙잡을 수 없는 것을 약용의 책략으로 체포했다고 하더라도 이를 제 공로라 주장할 수는 없습니다. 하물며 그저 이름을 바꾸고 자취를 감추어 이웃 고을에 숨는 것이 전부였으니 더 말해 뭐 하겠습니까? 그 자가 숨어 있는 곳을 알아낸 후 장교와 병졸을 한 명씩을 동원해 항아리 속

자라 잡듯 잡은 겁니다. 더군다나 저는 그의 행적을 염탐할 적에는 참여하지도 않았지요. 그런데 지금 제가 이 사건을 장황하게 진술하여 세상의 귀와 눈을 속인 후 앞날을 밝히는 수단으로 삼는다면 이 어찌 잘못되고 군색한 일이 아니겠습니까? 벼슬길이 막히고 뜻을 펴지 못한 채 일생을 마치더라도 이러한 짓은 하고 싶지 않습니다.

— 금정에서 이존창이라는 천주교도를 체포했던 모양이다. 천주교 때문에 곤란을 겪은 사실을 잘 아는 주위 사람들은 공로를 내세우라 조언했지만 정약용은 받아들이지 않았다.

215

신은 일찍이 서양 천주교 책을 보았습니다. 그러나 책을 본 것이 어찌 바로 죄가 되겠습니까? 말을 야박하게 할 수 없어 책을 보았다고 했습니다만 진실로 책만 보고 말았다면 어찌 그것이 곧바로 죄가 되겠습니까? 저는 그 책을 마음속으로 좋아하고 사모했고, 남에게 읽어 보라고 자랑도 했습니다. 이 책이 제 마음을 온통 사로잡았음에도 스스로 깨닫지 못했습니다. 비유하자면 맹자 문하에서 묵자의 겸애설을 주장하는 꼴이며 정자 문하에서 선불교를 논하는 꼴이었는데도 말입니다. 뜻이 상하고 근본이 잘못되었으니 깊게 빠진 정도와 언제 개과천선했는지를 따질 것도 없습니다. 하지만 증자가 '나는 올바른 도를 얻고 죽으면 그만이다.'라고 했던 말을 따르기로 결심한 바 저 또한 한마디 말로 스스로를 밝히고 싶습니다.

신이 이 책을 본 것은 스무 살 안팎이었습니다. 천문, 농사, 측량 분야의 신기한 일들을 말하는 자가 있으면 해박하다 여기던 시절이었습니다. 신은 그때 어렸으므로 그윽이 혼자서 사모했던 것입니다. 그러나 성품이 워낙 경솔한 탓에 어렵고 깊고 교묘하고 세밀한 것들은 제대로 연구하지도 못했습니다. 그러므로 그 찌꺼기라도 얻은 건 없고 영향도 받지 않았습니다. 그 과정에서 도리어 죽고 사는 이치, 덕을 쌓는 지극한 논리 등에 현혹되어 유학의 별파 내지 기이한 글 정도로만 여겼지요. 그랬기에 남들에게도 말하기를 꺼리지 않은 것이고 남들이 저를 배격하면 아는 게 없어서 그런가 보다 의심했으니 본의를 따져 보면 다 보고 듣는 것을 넓히고자 하는 뜻에서 비롯된 것이었지요.

— 정약용은 동부승지 제수를 사양하며 자신과 천주교의 관계를 밝히고 있다. 물론 이 글만으로 정약용이 천주교에 대해 실제로 어떻게 생각했는지 정확히 알 수는 없다. 진실은 정약용 본인만이 알고 있을 것이다.

茶山

11

젊음의 끝

나의 소원

약간의 돈으로 배 하나를 사고 싶다. 어망 네댓 개와 낚 싯대 한두 개를 갖추어 놓겠다. 솥과 잔과 소반도 준비하 고 방 한 칸에 온돌을 놓겠다. 집은 두 아이에게 맡겨야겠 지. 늙은 아내와 어린 아들, 어린 종 하나를 데리고 수종산 과 초천 사이를 오가겠다. 오늘은 월계의 연못에서 고기를 잡고, 내일은 석호에서 낚시질을 하고, 그 다음 날은 문암 의 여울에서 낚시를 하겠다. 바람을 맞으며 물 위에서 잠 을 자겠다. 물결에 떠다니는 오리들처럼 살겠다. 가끔 짧 은 시를 지어 마음속의 느낌을 풀어내겠다. 이것이 나의 소원이다.

— 1800년의 글이다. 물론 정약용은 소원을 이루지 못했다.

하고 싶지는 않으나 부득이 해야 하는 것은 그만둘 수 없는 일이다. 하고 싶으나 남이 아는 게 싫어서 하지 않는 것은 그만둘 수 있는 일이다. 그만둘 수 없는 일은 항상 그 일을 하고는 있지만, 자기가 하고 싶지 않기 때문에 때로 그만둔다. 하고 싶은 일은 언제나 할 수 있으나, 남이 아는 게 싫어서 때로는 그만둔다. 이것만 안다면 천하에 문제가 없을 것이다.

내 병은 내가 잘 안다. 나는 용감하지만 무모하고 선을 좋아하지만 가릴 줄을 모른다. 마음만 내키면 즉시 행동하여 의심하거나 두려워할 줄을 모른다. 그만둘 수도 있는 일이지만 마음에 기쁨이 있으면 그만두지 못한다. 하고 싶지 않은 일이라도 마음에 꺼림칙하여 불쾌하게 되면 그만두지 못한다. 그래서 어려서부터 세속 밖에 멋대로 돌아다니면서도 의심이 없었고, 자란 뒤에는 과거 공부에 빠져 돌아설 줄 몰랐고, 삼십 대에 들어서서는 지난 일의 과오를 깊이 뉘우치면서도 두려워하지 않았다. 선을 끝없이 좋아했으면서도 비방을 유독 많이 받은 이유다. 아, 이 또한 운명일까? 아니, 내 본성 때문이겠지. 내가 어찌 감히 운명을 말하겠는가.

노자의 말을 살핀다.

"한 겨울 시내를 건너는 것처럼 신중하고[與], 사방 이웃을 두려워하듯 경계하라.[猶]"

여와 유, 이 두 가지가 바로 내 병을 고치는 약이다.

― 1800년 서울을 떠나 고향에 돌아와서 쓴 글이다. 정약용의 환멸과 불안을 동시에 읽을 수 있다.

초천의 농막으로 돌아온 뒤에는 형제, 친척과 유산의 정자에 모여 술을 마시고 참외를 먹으며 시끄럽게 떠들어 대는 것을 낙으로 삼았다. 술이 얼큰하게 오르자 어떤 이가 술병을 두드리고 술상을 치면서 일어나 말했다.

"어떤 놈은 이익을 좋아하여 부끄러운 줄을 모르는데도 권세와 영화를 잡고 있으니 속이 터지고, 어떤 분은 욕심이 없고 담담해서 인적을 멀리하고 자취를 감춰 출세하지 못하니 참으로 애석한 일입니다."

나는 술 한 잔을 부어 꿇어앉아 권하며 말했다.

"옛날에 반고는 옛사람들을 품평하다가 두헌의 죄에 연루되었고, 허소는 당대 사람들을 품평하다가 조조의 위협을 받았지요. 사람이란 품평할 수 없는 것이기에 벌주를 드립니다."

하였다.

얼마 뒤 또 어떤 이가 시끄럽게 떠들며 일어나 말했다.

"저 말은 장사할 쌀을 실어 나르지도 못하면서 꼴과 콩만 먹어 치우고, 저 개는 담장에 구멍을 뚫고 넘어오는 도둑을 막지도 못하면서 뼈다귀나 바라고 있군."

나는 다시 술 한 잔을 부어 꿇어앉아 권하며 말했다.

"옛날에 맹사성 정승은 두 소의 우열을 묻는 말에 대답하지 않았으니 짐승도 품평할 수 있는 것이 아닙니다. 삼가 벌주를 드립니다."

석우촌에서의 작별

신유년(1801) 1월 28일, 초천에 머물던 나는 화가 일어
날 것을 알고 서울 명례방에 머물렀다. 2월 8일 대각 논의
가 있은 후 그 이튿날 새벽에 옥에 수감되었다가 27일 밤
성은으로 출옥해 장기에 유배되었다. 다음 날 길을 떠나는
데 숙부와 형님들이 석우촌(숭례문에서 남쪽으로 3리 거리에
있는 마을)에 찾아와 작별의 정을 나누었다.

쓸쓸한 석우촌

앞에 놓인 세 갈래 길

서로 희롱하는 두 마리 말

어디로 가야 할지 모르나 보다

한 마리는 남쪽으로

다른 한 마리는 동쪽으로

숙부들 머리의 흰 백발

큰 형님 두 뺨엔 눈물

젊은이들이야 다시 만날 수도 있겠지

노인들 일이야 누가 알 리

잠깐만 조금만 하는 사이

해는 이미 서산

다시는 돌아보지 말자

다시 만날 약속만 새기면서

사평에서의 이별

동쪽 하늘에 샛별 뜨니

하인들 서로 부르느라 떠들썩

산바람, 가랑비를 몰고 와

머뭇거리며 가지 말라 한다

머뭇거린들 무슨 소용인가

결국은 이별인 것을

옷자락 뿌리치고 길을 떠나

아득히 들 넘고 물을 건넜다

아무렇지도 않은 표정 지었지만

마음이야 어찌 다를까

고개 들어 새를 본다

오르락내리락 함께 난다

어미 소는 송아지 돌아보며 운다

어미 닭도 구구구 제 새끼 부른다

― 정약용은 사평에서 가족과 이별을 했다.

하담에서의 이별

아버지, 아십니까, 모르십니까?

어머니, 아십니까, 모르십니까?

가문은 다 무너졌고

죽느냐 사느냐만 남았습니다

이 목숨 간신히 부지해도

이 몸은 이미 망가졌습니다

날 낳고 기뻐하셨겠지요

정성을 다해 기르셨겠지요

하늘 같은 은혜 꼭 갚으려 했는데

이리 꺾일 줄 생각이나 했겠습니까

사람들에게 바라는 건

자식 얻었다고 기뻐하지 않는 것

— 충주 서쪽의 하담에는 부모의 묘소가 있다. 정약용은 부모님께 하직 인사를
올렸다.

취한 듯 깬 듯 보낸 반평생

간 곳마다 푸짐한 건 이 몸의 이름뿐

진창 모래 천지인데 갈기 늦게 흔들었고

하늘 가득 그물인데 경솔하게 날개 폈네

지는 해를 누가 잡아맬까

파도 높은 물을 어찌 건널까

동포라고 운명이 똑같지는 않겠으나

스스로 비웃는다 세상물정에 어두운 선비를

— 1801년 장기 유배 시절에 쓴 시다. 허무함이 극에 달한 모습이다.

나는 허술하게 간직했다가 나를 잃은 사람이다. 어려서
는 과거 시험이 좋게 보였기에 빠져서 십 년을 헤맸다. 마
침내 처지가 바뀌어 조정에 나아가 검은 사모에 비단 도포
를 입고 미친 듯이 대낮에 큰길을 뛰어다닌 게 또 십이 년
이었다. 다시 처지가 바뀌어 한강을 건너고 조령을 넘어,
친척과 선산을 버리고 곧바로 넓고 아득한 바닷가의 대나
무 숲에 달려와서야 멈추었다. '나' 또한 땀이 흐르고 두려
워 숨도 제대로 쉬지 못하면서, 발뒤꿈치를 따라 함께 이
곳에 오게 되었다. 나는 나에게 말을 걸었다.

"그대는 무엇 때문에 여기에 왔는가? 여우나 도깨비에
게 홀려서 끌려온 건가? 아니면 해신의 부름을 받은 건가?
그대의 가족과 고향이 모두 초천에 있는데, 어찌 돌아가지
않는가?"

'나'라는 것은 멍한 채로 움직이지 않으며 돌아갈 줄을
몰랐다. 그 얼굴빛을 보니 얽매인 곳이 있어서 돌아가고

싫어도 못 돌아가는 것 같았다. 어쩔 수 없이 '나'를 붙잡아
서 함께 머무르게 되었다.

— 1801년 1차 유배지인 장기에서 쓴 글이다. 이제 젊은 정약용의 시대는 끝이 났
다. 삶의 모든 원칙과 믿음이 흔들리던 그 시기에 스스로에게 묻는다. 나는 도대체
누구인가?

26) 菊影詩序, 시문집 제13권

27) 與韓傒父, 시문집 제18권

28) 與韓傒父, 시문집 제18권

29) 與蔡邇叔 弘遠, 시문집 제18권

30) 答蔡邇叔, 시문집 제18권

31) 答李輝祖 重蓮, 시문집 제18권

32) 月波亭夜游記, 시문집 제13권

33) 舞劍篇贈美人, 시문집 제1권

34) 楊江遇漁者, 시문집 제3권

35) 李周臣宅小集, 시문집 제3권

36) 讀退陶遺書, 시문집 제2권

37) 陶山私淑錄, 시문집 제22권

38) 答李季受, 시문집 제18권

39) 陶山私淑錄, 시문집 제22권

40) 陶山私淑錄, 시문집 제22권

41) 陶山私淑錄, 시문집 제22권

42) 陶山私淑錄, 시문집 제22권

43) 陶山私淑錄, 시문집 제22권

44) 陶山私淑錄, 시문집 제22권

45) 陶山私淑錄, 시문집 제22권

46) 陶山私淑錄, 시문집 제22권

47) 陶山私淑錄, 시문집 제22권

48) 陶山私淑錄, 시문집 제22권

49) 陶山私淑錄, 시문집 제22권

50) 博學, 시문집 제2권

51) 答李文達, 시문집 제19권

52) 西巖講學記, 시문집 제21권

53) 答李季受, 시문집 제18권

54) 詩經講義序, 시문집 제13권

55) 過舟橋, 시문집 제2권

56) 奎瀛府校書記, 시문집 제14권

57) 春日陪季父, 乘舟赴漢陽, 시문집 제1권

58) 外姑李淑夫人輓詞【五月卄七日沒】, 시문집 제1권

59) 東林寺讀書記, 시문집 제13권

235

60) 南湖汎舟記, 시문집 제14권

61) 幼子懼样壙銘, 시문집 제17권

62) 幼女壙志, 시문집 제17권

63) 丘嫂恭人李氏墓誌銘, 시문집 제16권

64) 每心齋記, 시문집 제13권

65) 望荷樓記, 시문집 제13권

66) 送沈 奎魯 校理李 重蓮 翰林游金剛山序, 시문집 제13권

67) 送韓校理【致應】使燕序【時爲書狀官】, 시문집 제13권

68) 答茯菴, 시문집 제18권

69) 送李參判 基讓 使燕京序, 시문집 제13권

70) 兵曹參判吳公 大益 七十一壽序, 시문집 제13권

71) 詞林題名錄序, 시문집 제13권

72) 西園遺稿序, 시문집 제13권

73) 題江陵崔君【秉浩】詩卷, 시문집 제14권

74) 答金承旨, 시문집 제18권

75) 與姜仁伯 履元, 시문집 제19권

76) 谷山政堂新建記, 시문집 제14권

77) 芙蓉堂記, 시문집 제14권

78) 自撰墓誌銘【集中本】, 시문집 제16권

79) 秋水亭記, 시문집 제13권

80) 得月堂記, 시문집 제13권

81) 題鄭石癡畫龍小障子【名喆祚, 官正言】, 시문집 제1권

82) 釣龍臺記, 시문집 제14권

83) 上尹參判 弼秉, 시문집 제18권

84) 上權判書 書, 시문집 제18권

85) 與朴次修, 시문집 제18권

86) 跋紀年兒覽, 시문집 제14권

87) 麻科會通序, 시문집 제13권

88) 芙蓉堂夜坐, 시문집 제3권

89) 白雲, 시문집 제4권

90) 題畵五首, 시문집 제2권

91) 入葛玄洞, 시문집 제3권

92) 答五沙, 시문집 제18권

93) 答茯菴, 시문집 제18권

94) 谷山北坊山水記, 시문집 제14권

95) 蒼玉洞記, 시문집 제14권

96) 到舊廬述感, 시문집 제2권

97) 秋日門巖山莊雜詩, 시문집 제1권

98) 詠水石絶句, 시문집 제2권

99) 懷江居二首, 次杜韻, 시문집 제2권

100) 江邊道中作, 시문집 제3권

101) 苦風, 시문집 제3권

102) 與沈判書, 시문집 제18권

103) 與尹彝敍 持範, 시문집 제18권

104) 與尹彝敍, 시문집 제18권

105) 寄園記, 시문집 제14권

106) 答朴次脩 齊家, 시문집 제18권

107) 游天眞菴記, 시문집 제14권

108) 張天慵傳, 시문집 제17권

109) 游烏棲山記, 시문집 제14권

110) 奉旨廉察到積城村舍作, 시문집 제2권

111) 飢民詩, 시문집 제2권

112) 苦雨歎, 示南皋, 시문집 제2권

113) 古詩二十四首, 시문집 제2권

114) 古詩二十四首, 시문집 제2권

115) 古詩二十四首, 시문집 제2권

116) 詩四言, 시문집 제3권

117) 赤驥行, 示崔生, 시문집 제3권

118) 鑊淵瀑布歌, 시문집 제3권

119) 醉歌行, 시문집 제2권

120) 古意【次劍南韻】, 시문집 제4권

121) 罷官, 시문집 제2권

122) 擬古二首, 시문집 제2권

123) 鸞書有作, 奉示貞谷, 시문집 제2권

124) 歎貧, 시문집 제2권

125) 螢, 시문집 제2권

126) 自笑, 시문집 제2권

127) 行次靑陽縣, 시문집 제2권

이 도서의 국립중앙도서관 출판시도서목록(CIP)은 e-CIP홈페이지(http://www.nl.go.kr/ecip)에서 이용하실 수 있습니다.

젊은 정약용 말꽃모음

2018년 12월 25일 초판 1쇄 펴냄

글쓴이 | 정약용
엮은이 | 설흔
펴낸곳 | 도서출판 단비
펴낸이 | 김준연
편집 | 최유정
등록 | 2003년 3월 24일(제2012-000149호)
주소 | 경기도 고양시 일산서구 일중로 30, 505동 404호(일산동, 산들마을)
전화 | 02-322-0268
팩스 | 02-322-0271
전자우편 | rainwelcome@hanmail.net
ISBN 979-11-6350-007-0 03810